大富豪と人形の花嫁

ミランダ・リー 作

柿原日出子 訳

ハーレクイン・ロマンス

東京・ロンドン・トロント・パリ・ニューヨーク・アムステルダム
ハンブルク・ストックホルム・ミラノ・シドニー・マドリッド・ワルシャワ
ブダペスト・リオデジャネイロ・ルクセンブルク・フリブール・ムンバイ

THE MAGNATE'S TEMPESTUOUS MARRIAGE

by Miranda Lee

Published by Harlequin Japan, a Division of K.K. HarperCollins Japan, 2018

ミランダ・リー

オーストラリアの田舎町に生まれ育つ。全寮制の学校を出て、クラシック音楽の勉強をしたのち、シドニーに移った。幸せな結婚をして３人の娘に恵まれたが、家にいて家事をこなす合間に小説を書き始める。現実にありそうな物語を、テンポのよいセクシーな描写で描くことを得意とする。趣味は幅広く、長編小説を読むことからパズルを解くこと、そして賭事にまで及ぶ。

主要登場人物

サラ・マカリスター……………………弁護士。
コーリー……………………………………サラの親友。
フィリップ・レイトン……………………サラの職場の先輩。愛称フィル。
スコット・マカリスター…………………サラの夫。実業家。
クリーオ……………………………………スコットの個人秘書。
ハーヴィー…………………………………スコットの会社の警備責任者。

プロローグ

サラは自分の机に座り、両手を組んで親指をまわしながらノートパソコンの画面を眺めていた。なんて退屈な仕事だろう。
やっと金曜日だ。あと数時間で今週も終わり、契約と合併に関する彼女の退屈な仕事も終わる。サラが弁護士になったのは、用紙に必要事項を書き入れたり、破線の上に署名をするよう頼んだりして日々を送るためではない。こんなことは誰でもできる。四年もかけて法律の学位を取るまでもない。

有名なゴールドスタイン＆エヴァンズ法律事務所に就職が決まったとき、サラは期待に胸をふくらませた。法廷で社会的弱者の擁護者になり、不正を正し、無実の人の弁護をする――そんな自分の姿を想像して。けれど一月に勤めはじめて七週間になるが、法廷に近づいたことすらなかった。資産移転業務に一週間、信託及び相続関連の業務に二週間、そして家族法の部門で二週間過ごしたが、どの仕事もまったく好きになれなかった。それでも、少なくともこの二週間の仕事よりはおもしろかった。

来週は、刑事及び民事の弁護団に移るので、サラはおおいに期待していた。弁護団には無料奉仕の部門があり、法定代理人を必要としていても雇えない人たちに新人の弁護士があてがわれる。まさにサラが楽しみにしていた仕事だった。

　サラはいま、三時に売買契約書に署名するために来訪する依頼人について調べているところだった。気を取り直してパソコンの画面に集中するなり、彼女は驚いて目をくるりとまわした。

　本当にダイヤモンド鉱山の売買契約だわ！

　名前はスコット・マカリスター、鉱山業の大物だ。サラの現在の指導者であるボブは、知っておくべき人物だと言った。破産寸前のニッケル精錬所のことで、最近、よくテレビに出ているらしい。精錬所が閉鎖となれば、多くの職が失われることになるという。サラはニュース番組をあまり見ないので、彼のことは知らなかった。

　しかしインターネットには、スコット・マカリスターの情報がたっぷりあった。オーストラリアの鉱山業に携わる最年少の大物で、多くの鉱物に手を出していた。鉄鉱石、金、石炭のほかに、ニッケルやアルミニウムにも関心を持っている。そしていま、ダイヤモンドも加わった。

　十年前に父親が亡くなったあと、息子の彼が跡を継いだ。そしてすぐに父親が購入していた価値のなさそうな二箇所の土地から宝を発見した。一箇所は鉄鉱石。最初は使い道のない岩山に見えたものが、かなりの量の鉄鉱石を含有する堆積物だとわかったのだ。もう一箇所からは大量の褐炭が見つかった。

お父さんのおかげね！

マカリスターの成功には運が大きく貢献しているようにサラには思えた。しかし、ボブによると、マカリスターは目鼻が利き、岩山を買ってそれをダイヤモンドに変える男だという。

〝彼が買いつけたダイヤモンド鉱山は、すでに取り尽くされているという報道もいくつかあった〟今日、ボブはそう話していた。〝だが、マカリスターのような男がそんなものを買ったりするわけがない。おそらく彼は現在の所有者が知らないことを知っているに違いない〟

ボブはマカリスターを心から称賛しているようだった。サラは相手が誰であろうと、すぐに称賛したりはしない。それでもやはり純粋な好奇心から彼のことをさらに調べた。

ほかのサイトを開くと、彼の写真が出てきたが、とても背が高くて体格がいいと思っただけだった。工事現場で撮ったもので、彼を含めて全員が黄色い安全ベストと黄色いヘルメットを着用していた。写真の下のキャプションによると、先月のストライキの際にニッケル精錬所で撮ったものだという。マカリスターはサングラスをかけていたので、顔はよくわからなかった。目は驚くほどその人の容貌を語るものだ。

その写真からわかるのは、日に焼けた肌、頑丈そうな鼻、花崗岩《かこうがん》から削り出されたような四角い顎をした、強靱《きょうじん》な顔だちだった。広い額にしわを寄せた顔は思慮深く見えるが、固く結んだ口は冷徹で頑固そうだ。三十五歳というが、もっと年上に見える。結婚はしていないが、驚くにはあたらない。大金持ちではあっても、女性に好かれるタイプには見えなかった。

ボブの電話が鳴りだした。彼は小さな声で悪態をつき、電話を取った。三十秒後、彼はさらに悪態をついた。

「すまない」ボブはサラに謝った。「マカリスターが早々に着いてしまったが、相手がまだ来ていないし、わたしもこの複雑な契約書を読み終わっていない。申し訳ないが、下に行って彼を出迎え、役員室に案内してくれ。コーヒーでもなんでも彼の好きなものを飲ませ、しばらく相手をしてほしい。きみはその種のことが上手だからな」

確かにサラは上手だった。この部門に来てから、ボブや彼の同僚にコーヒーを運ぶ以外、ほとんど何もしていない。弁護士の助手というよりウエイトレスみたいだ。だが、サラの母は娘に礼儀とすばらしい社交術を教えた。だから彼女は笑みを浮かべた。「喜んで」

ボブは笑みを返した。「きみは本当にいい子だ」

上司が六十三歳でなかったら、サラは腹を立てていたかもしれない。彼女は二十五歳、今年じゅうに二十六になる。子供ではない！

サラはスカートのしわを伸ばしながら立ち上がり、顔にかかった髪を後ろに払って、オフィスを出て受付に向かった。することができてうれしくもあった。それに正直なところ、これから会う男性に興味津々だった。サングラスを取った彼がどんなふうか、見たかった。

彼はすぐにわかった。広い受付のあちこちに置いている黒革の二人用ソファの一つに座っていた。ダークグレーのスーツに白いシャツ、おもしろみのない濃紺のネクタイを締めた男性が、ソファでくつろいでいた。両腕をソファの背に沿って伸ばし、脚を組んで。靴はきれいだが、新しくはない。鉱山業界の大物は、そんなことは少しも気にかけないのだろう。

目を閉じていたのでがっかりしたが、それ以外ははっきりと見ることができた。髪は焦茶色で、トップを短くカットし、サイドはさらに短かった。とても男性的な髪型で、よく似合っている。鼻はサラが思っていた以上に大きいが、顔とのバランスは絶妙だ。口は大きく、上唇は薄くて、少し冷酷そうに見える。下唇は豊かだが、いかつい顔を和らげるほどではなかった。

彼が目を開ける前からいわゆる美男子ではないとわかった。けれど、どこか言い知れぬ魅力があった。これまでサラは大柄なたくましい男性に惹《ひ》かれたことはない。いつも威圧されるように感じるからだ。筋力より知力に勝る、細身のハンサムな男性が好みだった。

サラは彼から一メートルほどのところで足を止め、咳払《せきばら》いをした。「ミスター・マカリスター？」急に神経質になり、意図していたより高い声が出た。彼女は、学校の演劇の教師から快活な声だと言われたことがあった。少女のような声だという。法廷で強い影響を与える声ではないが、いまは法廷に関わる仕事をしている。

彼のまぶたが上がり、ついに目が見えた。

彼の目は……。

冷たいグレーで、まつげが驚くほど長かった。険しくはないが、まなざしは冷たい。しかし同時に、奇妙な熱を帯び、飢えも感じられた。彼の目が彼女のすべてをいっきに眺めた。サラは息をのみ、頬を赤らめた。真っ赤とまではいかないが、赤いことに変わりはなく、ひどく恥ずかしかった。

「そうだ」彼は物憂げに答え、組んでいた脚をほどいて、彼女にのしかかるような格好で立ち上がった。身長は百七十三センチで、ヒールのある靴を履いているサラより、彼はずっと背が高かった。

サラは頭を反らして彼を見上げた。いらだたしいほど唇と口の中が乾いていく。彼女はうめき声を抑え、乾いた唇をこっそりとなめて、彼女の理想とする上品な人物を装った。

「鉱山の現在の所有者はまだお見えになっていません」サラはいとも簡単に呼び出すことができる落ち着いた笑みを浮かべた。「お相手がいらっしゃるまであなたのお世話をするようミスター・カトンに言いつかってまいりました」

彼は笑みのひとかけらも返さず、溶けた鋼のような目でじっと彼女を見つめた。

その熱いまなざしはサラの奥深くへと入りこみ、彼女の芯を溶かした。サラはとんでもないことを言いたくなり、必死に自制心を働かせなければならなかった。

「ついてきていただけますか？」サラは事務的で丁重な口調で言った。

「いいとも」残酷そうだがセクシーな口元にかすかな笑みが浮かんだ。「地獄までついていくよ」

地獄まで……。サラは口をぽかんと開けた。自分もまったく同じように感じていることに気づいたのだ。彼は実に魅惑的だった。

1

シドニー、十五カ月後。

月曜日の朝、スコットは机の後ろの窓辺に立ち、ぼんやりと外を眺めていた。といっても、さほど見るべきものはない。〈マカリスター・マインズ〉の本社が入っているオフィスビルは、シドニーのビジネス街、ＣＢＤエリアの南端に立っているが、絵のように美しい港からは遠く、心をなごませてくれる海は見えない。異彩を放つオペラハウスも、美しい公園も庭もなく、交通渋滞の道路と退屈な建物が見えるだけだ。

もっとも、その日は何を見てもスコットの気持ちをなごませてはくれないだろう。これほど感情が揺れ動いたことはいままでになかった。父が死んだときは、ひどく悲しんだ。だが、死は裏切りより対処しやすい。サラからこんな仕打ちを受けるとは、いまも信じられなかった。

結婚してわずか一年。きのうは最初の結婚記念日だった。スコットは女性に対して不信感を抱いていたが、サラは彼の皮肉な考え方を育んだ女性たちとは違った。まったく違った。そんな彼女がぼくを裏切るとは……信じられない。

先週の金曜日の午後、写真が添付されたメールが彼の仕事用の携帯電話に届いた。ゴールドコーストに滞在していたシンガポールの億万長者と会った直後だった。スコットはその億万長者が目下の資金繰りの問題を解決する助けになってくれることを願っていた。

幸い、そのとき、スコットはひとりだった。彼はすさまじいショックを受けた。まったく信じられなかった。ところが、しだいに目の前の証拠を受け入れざるをえなくなった。証拠写真は非常に鮮明だった。すべての写真に、当該日の昼食時であることを示す、日付と撮影時刻が入っていた。

メッセージも添えられていた。

〝きみが出かけているとき、奥さんが何をしているか知りたいだろうと思ってね〟

そして、末尾に〝友人〟とサインがしたためられていた。

それはない、とスコットは苦々しく思った。ぼくの仕事上の敵か、サラの嫉妬深い同僚の仕業だろう。ぼくの妻はほかの女性に嫉妬を抱かせるところがある。それを言うなら、ぼく自身にも。だからといって、サラが潔白だというわけではない。もし何かがアヒルのように見え、アヒルのようによたよたと歩き、アヒルのように騒々しく鳴けば、それはアヒルである可能性がとても高い、と父がよく言っていた。

妻が、写真に写っている高級服を着たとびきりハンサムな男と関係を持っている――スコットがそう結論づけるまで、大して時間はかからなかった。彼は、自分が激しく嫉妬したり、抑えられないほど激怒したりする人間だと思ったことはなかった。だがスコットは浮気者の妻と向き合うためにまっすぐ家に帰った。サラが病気になったからと個人秘書のクリーオに告げ、あとの商談を彼女に任せて。

だが、ぼくはすぐには妻と向き合わなかった。そうだろう？

後ろめたさのゆえか、それとも恥ずかしさのゆえだろうか？　スコットは自分のしたことが気にかかっていた。

妻とはすぐにとことん話し合うつもりだった。この悪夢について理にかなった説明があるかもしれないと、まだはかない望みを抱いていた。しかしその夜、アパートメントに入っていくと、サラは飛びついてきた。彼女のために出張を短く切り上げてきたことをひどく喜んでいるようで、いつもより情熱的なキスをした。これまで二人の夫婦生活は充分に満足のいくものだったが、サラは積極的というほどではなかった。最初に誘いかける役目はいつも彼に任せ、ベッドでも夫に主導権を握らせた。ところが、その夜は違った。彼女は大胆になり、キスをしながら彼に触れた。

　後ろめたさからだ、とスコットはいまになって思った。

　だが、延々と愛し合って疲れ果て、彼女が眠りに落ちたあと、後ろめたい思いをしたのはスコットだった。ばかげている。どうしてぼくが後ろめたい思いをしなくてはならないんだ？　そういう思いに駆られるのはサラのほうだ。不義を犯したのはぼくではなく、彼女なのだから。

　サラは自分の行動について、見え透いた嘘《うそ》をついた。昼食時に、結婚記念日の贈り物を買いに行ったと話したのだ。だが、まさにその金曜日の昼食時、彼女が何をしていたか、スコットは知っていた。

　彼はサラをベッドに残して書斎に行き、野蛮人のように振る舞った。酒を飲んだことは覚えているが、いつの間にかソファの上で酔いつぶれていた。

　翌朝、だらしなく眠りほうけている彼をサラが見つけ、忌むべき対立が始まった。

　不愉快きわまりなかった。いまでもスコットはサラが彼に投げつけた非難の言葉や悪態に衝撃を受けていた。

　そして彼女は出ていった。

　日曜日の夜になって、スコットは受け入れざるをえなかった。サラは戻ってこないかもしれない、と。

　喜ぶべきことだったが、そうはならなかった。スコットは信頼できない妻をそのまま見過ごすような男ではなかった。しかし自分が下した結論に飛びついたのは間違いだったかもしれないという、厄介な疑念から逃れることはできなかった。ぼくはとんでもない間違いを犯したのかもしれない……。

　オフィスのドアをノックする音に驚き、スコットは悩ましい物思いから現実に引き戻された。窓辺から振り返り、ぶっきらぼうに応じる。「なんだ？」

　クリーオがためらいがちに入ってきた。表情が多くのことを語っている。黒い目は心配そうで、顔には気遣いが浮かんでいた。クリーオに嘘をつき続けることはできないので、スコットは今朝オフィスに着いたときに簡単に事情を話した。彼女は単なる個人秘書ではない。三年にわたって一緒に仕事をしてきたいまは、友人でもあった。スコットの話に、クリーオは彼以上に驚いたといってもよかった。信じられない、とはっきり言った。

〝サラはあなたを裏切ったりしないわ、スコット。彼女は死ぬほどあなたを愛しているのよ！〟

　そう、ぼく自身、ずっとそう思っていた。だがぼくは間違っていた。クリーオも。

　写真を持っていたら、彼女に見せただろう。だがあいにく、問題の写真はその真贋《しんがん》を調べさせるために土曜日に警備責任者のハーヴィーに渡していた。

妻がほかの男性と一緒にいる写真をハーヴィーに見せるのは屈辱以外の何ものでもなかったが、写真が本物かどうか、誰が送ってきたのか、確認しなければならなかった。それに、相手の男について何もかも知りたかった。男の身元がわかったらどうするかは神のみぞ知る、だ。

写真の男はハンサムだが、スコットほど背が高くなく、体格もよくなかった。痩せていると言ってもいい。だが洗練されていた。着こなしもしゃれている。スコットは男に激しい憎悪を覚えた。

「ハーヴィーから電話があり、こちらに向かっているとのことです」クリーオは嫉妬心に苛《さいな》まれて心ここにあらずのスコットを現実に引き戻した。「お二人にコーヒーをお持ちしましょうか？」

スコットは午前中ずっとハーヴィーの報告を待っていた。しかしいまになって、こんなことを始めなければよかったと悔やんだ。サラを引き止め、話をさせるべきだった。写真について説明を求めるべきだった。

だが、どんな説明ができるというんだ？　サラは写真が本物であることは否定しなかった。あの朝の彼女の怒りはスコットに――前夜に彼が何をしたかに向けられた。そう、帰宅してすぐに写真を見せるべきだったのに、スコットはそうしなかった。当然のことながら、彼は翌朝もサラにひどく腹を立てていたので、彼女が言うところの彼の〝野蛮な考え方〟について謝るなど論外だった。

そして、スコットに責任を負わせるというサラの試みは功を奏した。彼女がアパートメントを飛び出したあと、妻は無実かもしれないと思いはじめたのだから。

けれど、それももう一度写真を見るまでのことだった。

辛抱強く待つ秘書を見上げ、スコットは歯を食いしばった。「いまはコーヒーはいらない。ありがとう、クリーオ」銃殺隊と向き合おうとしている男ではなく、普通の口調で言おうと努める。「ああ、それから……金曜日にぼくの代わりを務めてくれてありがとう。きみがいなかったら、どうなっていたか」

クリーオは肩をすくめた。「あまり役に立たなかったと思います。先方は女性と取り引きをするのがお気に召さなかったようです。とりわけ三十歳に満たない女性とは。ただ、わたしの意見を言わせていただければ、彼のお金は当てにしないほうがいいです。彼の目つきは狡猾《こうかつ》そうで、好きになれません」

スコットは苦笑した。クリーオは人を目で判断する癖がある。不思議なことに、たいてい彼女は正しく、間違った判断を下そうとしたスコットを何度か救ったことがあった。それに、クリーオはサラが好きだった。サラのことを最高にかわいくて魅力的な女性だと思っていた。けれど、いつもクリーオが正しいとは限らない。

「では、彼をパートナー候補から削除しておこう」

「それがいいと思います。でも、ほかの支援者を急いで見つけないと、ニッケルの精錬所を閉鎖することになりますね。それに鉱山も。赤字を出しながらいつまでも操業を続けるわけにはいきません」

「わかっている」スコットはぶっきらぼうに言った。「有力な投資家を探してくれ。オーストラリアの人間がいい。ああ、ハーヴィーが来たようだ。入ってくれ、ハーヴィー」

　クリーオと入れ替わりに入ってきたハーヴィーの顔は何も語っていなかった。ハーヴィーは五十代半ばの大柄な男で、頭はすっかりはげている。いかついがハンサムな顔に、断固とした口、冷たい青い目。二十年にわたる警察勤務のあと、十年ほど私立探偵をやり、それからスコットの警備責任者になった。用心棒のような風貌なので、ときおりスコットの優秀なボディガードにもなった。鉱山業で成功を収めた大物は、一時的に鉱山を閉鎖しないといけないときなどに危険な目に遭うことがあったのだ。ジーンズに黒い革のボンバージャケットを着たハーヴィーは肉体労働者のように見えるが、ＩＴの専門家でもあった。ＩＴは現代では警備に不可欠のツールだ。

スコットはオフィスのドアを閉め、ハーヴィーに手を振り、机の前に置かれた肘掛け椅子に座るよう促した。

「何がわかった？」スコットは内心の緊張をそっけない口調で隠し、すぐに尋ねた。

すると、ハーヴィーの目に、同情と言ってもいいものが浮かんだ。

スコットは気持ちが沈み、突然、吐き気を催した。事務用の椅子に腰を下ろし、大きく息を吸ってゆっくりと吐く。「きみの顔つきから察するに、いい知らせはないようだな」

「ええ」

ハーヴィーは口数が少ない。

スコットは勇気を奮い起こし、最悪の展開を覚悟した。「言ってくれ」

ハーヴィーは身を乗り出し、スコットの携帯電話を机の上に置いてから椅子の背にもたれた。「まずは大事なことから」感情を交えずに言う。「写真を送付するのに使われた電話は使い捨てで、追跡は不可能だった」

「だと思ったよ」スコットが言った。「だが写真は本物だった？」

「ええ。まったく加工の跡は見られない」

スコットは喉にこみ上げた苦い塊をのみ下した。「撮影の時刻と日付は？」

「本物です。ホテルの防犯カメラの映像をチェックし、すべて確認しました」

「どこのホテルだ？」

「リージェンシー」

胃がよじれ、スコットは顔をしかめた。リージェンシーはサラが働いている建物の目と鼻の先にある五つ星のホテルだ。「ほかにわかったことは？」尋ねながら、もっと悪い知らせを聞く覚悟をした。

「金曜日の昼食時に働いていたバーテンダーがサラを覚えていた」

もちろん覚えているだろう。目が見える男ならみんなサラを覚えている。彼女は明るいブロンドの長い髪に、大きな青い目、聖ペテロでも誘惑されそうな唇を持ち、驚くほど美しい。ほっそりとしているが均整のとれた体を、いつも柔らかな女性らしい服で包んでいる。すべての男性の目を引きつけてやまない。

初めて彼女を見たときのことをスコットはいまも鮮明に覚えていた。

ほんの十五カ月前のこと、彼は直感に従って古いダイヤモンド鉱山を購入しようとしていた。いつも契約時に使うシドニーの法律事務所、ゴールドスタイン＆エヴァンズに約束の時刻より早く着いた。彼を出迎えたサラは、もてなし上手な女性のように振る舞ったが、すぐに弁護士になりたてだとわかった。スコットはひと目で彼女に恋をした。一週間後に三度目のデートをしたとき、彼女はディナーの最中に告白した。わたしもあなたに夢中だと。

その言葉をスコットは信じた。

三カ月後、サラは彼の妻になった。

一年後、彼女は〝元妻〟になりかけていた。

スコットは咳払《せきばら》いをした。「バーテンダーはほかに何か言ったか？」

「二人はとてもくつろいでいるように見えたそうだ。人目につかない隅の席に陣取り、酒はあまり飲まなかった。話をするだけだった。十五分ほどして、彼らは出ていった」

「そうだろうな」スコットは同意した。二人とも彼らの行き先を知っていた。写真が語っている。まず男性がフロントに行き、部屋を予約する。それから二人はエレベーターに乗って部屋に行き、四十五分後に再びロビーに現れた。

「ただ、バーテンダーが二人をそこで見たのは初めてだということだ」ハーヴィーはつけ足した。

すばらしい。だがシドニーのＣＢＤにはほかにもホテルはある。たくさんある。

「けれど、男は見たことがあるそうだ」ハーヴィーは続けた。「ほかの女性と何度か一緒にいた。ブルネットだった」

「誰かわかったか？」

「ええ。名前はフィリップ・レイトン。三十代半ば。弁護士」

「そしてゴールドスタイン＆エヴァンズ法律事務所で働いている」

「そのとおり。家族法の部門に属し、離婚を専門にしている。おもに上流社会の――金持ちの離婚をね。彼の家族は裕福だ。父親は上院議員。ミスター・レイトンも政界進出を狙っているという噂《うわさ》だ。独身で、決まったパートナーもいない。今朝、話をした彼の同僚によると、大したプレイボーイだ。〝雄弁な女たらし〟とは同僚の弁だ」

スコットはその〝雄弁な女たらし〟を頭から追い払おうとしたが、できなかった。嫉妬という黒い雲が下りてきて、彼の気分をさらに暗くした。人にこけにされるのは嫌いだ。サラはぼくをこけにした。土曜日の朝、彼女が激怒したのは、彼女の罪からぼくの注意をそらすための策略だ。サラはこの口先のうまい上品そうな男に誘惑された――それこそが明白な事実だ。

最近、出張でこれほど頻繁に家を空けることがなかったら、起こっていなかった……。

まったく！ ここに至っても、彼女のために言い訳をしているとは。

スコットは体を起こし、警備責任者に視線を向けた。落ち着いたまなざしであることを願う。「このレイトンという男と妻の関係について、ほかにつけ足すことはないか？」

「彼女は土曜日に家を出たあと、レイトンのところには行っていない。彼はノースショアに家を持っているが、そこに彼女が姿を見せた形跡はなく、彼女の車もなかった」

スコットはほっとするどころか、さらに胃がむかついた。

「たぶんコーリーのところだろう」スコットはつぶやいた。「彼はサラの大学時代の親友だ」それ以上詳しくは話さなかった。妻と若い建築家との親交についてはあまり知らなかったからだ。

スコットは突然、自分が妻の過去についてほとんど何も知らないことに思い当たった。二人の嵐のような交際期間のあいだに聞いた話では、母親は亡くなり、父親とも、たったひとりの兄とも疎遠になっているということだった。彼女が十代のときに両親は離婚し、兄は母に不誠実だった父親の肩を持ったという。スコットは彼女の過去についてそれ以上は質問しなかった。コーリーとの友情についてもあれこれきかなかった。彼については心配していなかった。むしろコーリーが好きだったし、彼もスコットのことが好きだった。

もっとも、いまはぼくのことを好きではないだろう。金曜日の夜にぼくのしたことをサラから聞いたあとでは。彼女はなんでもコーリーに話す。二人はまるでティーンエイジャーのように電話で長々と話したり笑ったりすることがあった。スコットはいますぐにでもコーリーの家に行き、二人をこっそり観察したかった。だが、何も発見できないだろう。今日は月曜日、二人とも仕事をしている。

急に自分で調べてみたいことができ、スコットはハーヴィーに帰ってほしくなり、立ち上がった。机をまわって手を差し出す。

「ありがとう、ハーヴィー。本当によくやってくれた。感謝している」少なくとも自分の立場はわかった。しかし、すべてわかったわけではない。それが彼女を悩ませた。

サラはこの男を愛しているのか？　彼女はぼくを愛していたのだろうか？　愛していた、とスコットは断言できた。それなら、ぼくをだますようなまねはしないはずだ。

だが、彼女はだました。

「どういたしまして」ハーヴィーはスコットの手を取った。「もっといい知らせを持ってくることができず、申し訳ない」

「元首相が言ったように、人生は楽なものではないな」あるいは愛は。ぼくはいまも不実な妻を愛している。理由は神のみぞ知る！

ハーヴィーが行ってしまうと、スコットはプライベート用の電話を取り、サラの仕事場にかけた。彼女が病気を理由に休んでいるとわかると、スコットは面食らった。サラは休暇を取ったことがなかったからだ。どんなときでも仕事に出かけた。彼女は仕事が好きだった。特に弁護料を支払えない人たちのための無料弁護士の課に配属が決まってからはとりわけ。不当解雇や性差別など、さまざまな訴訟を扱い、たいていは勝訴した。まともな理由もなく仕事を休むなど、彼女らしくない。

　スコットは眉根を寄せた。サラはまだ動揺しているのだろう。ぼくに対して、それとも自分自身に対して？　不実な行為に及んだのは、今回が初めてで、すぐに後悔したのかもしれない。だから先週の金曜日の夜、あんなふうに積極的に振る舞ったのだろう。自分の犯した過ちを償おうとして。

　突然、ぞっとするような考えが脳裏に浮かんだ。サラはレイトンという男と一緒に別の州へ、あるいは海外へ逃げたのかもしれない。

　心臓が宙返りを打ち、スコットは凍りついた。「今日ミスター・レイトンは出勤していますか？」かすれた声でなんとか尋ねる。

「はい、出社しております。お話しになりますか？」

　スコットはほっとすると同時に、分別を取り戻した。「いや、いまはけっこう」彼はきっぱりと断った。だがいずれ、近いうちに。まずはサラと話す必要がある。彼女の話の内容によって、レイトンと話をしよう。だが、礼儀正しい会話にはなるまい。人の妻を誘惑してなんとも思わない薄汚い男のことを考えると、怒りがこみ上げた。最初に働きかけたのはレイトンだ。間違いない。サラはそんな不誠実な女ではない。

そうだろうか？

ぼくは妻のことを何も知らないのかもしれない、とスコットは思いはじめた。

週末のあいだずっとそうだったように妻は電話の電源を切っているだろうと思いながらも、スコットはまた電話をかけた。

話し中だった。誰と話しているんだ？　コーリーか？　それとも薄汚い愛人か？　それより、サラはどこにいるんだ？　たぶんまだコーリーのところだろう。

スコットはためらわなかった。いらいらしながらオフィスに座っているなど耐えがたい。

もう一度サラと向き合い、ぼくが知っていることを話すのだ。コート掛けからジャケットを取って羽織ると、クリーオのもとに足早に歩いていった。彼女は眉をひそめてパソコンの画面に目を凝らしていた。

「クリーオ、出かけなければいけなくなった。午後の約束はすべてキャンセルし、きみは休みを取れ。きみにはそうする資格がある」

クリーオは画面から目を上げ、ため息をついた。「ばかなまねをするつもりはないでしょうね、スコット？」

「今日はしない。一年前にした」

そう、ぼくは一年前、よく知りもしない女性――現代では不可解とも言える女性と結婚するという愚行に走った。サラはバージンだった。

地下の駐車場へと急ぎながら、スコットはかつて女性に対して抱いていた皮肉な考えに思いを巡らせた。そして、サラが長いあいだバージンでいたのは何か策略があったからではないかと思った。

いまや以前のように楽観的な考え方をしなくなったスコットは、サラが高校から大学へ行き、そして二年間バックパックで世界じゅうを巡っているあいだ、バージンを守り通せたことが信じられなかった。サラは金持ちとの結婚を望み、バージンこそ、ばかな金持ちをつかむ完璧な武器になると考えたのではないだろうか。要するに、ぼくのような愚か者をつかむ武器に。

スコットは鉱山開発で成功を収めて以来、金目当てで彼とつき合おうとする女性に大勢つきまとわれた。その中に、バージンはひとりもいなかった。

当時、スコットはサラがバージンだった理由について尋ねなかった。浮気性の卑劣な父のせいで、男性に対して用心深くなったからだという説明を受け入れた。そして、スコットが現れるまでは、愛し合っても悔いはないと思う男性にひとりも出会わなかった、とサラは言った。スコットは彼女の言葉を鵜《う》呑《の》みにした。

そう、彼女は当時、セックスという言葉を使わなかった。愛し合う、と言った。サラには粗野なところは一つもなかった。女性らしい慎《つつ》ましさにあふれていた。彼女の澄んだ大きな青い目は、人をだますことなどできない純真な心の窓だった。

それにしてもなんと愚かだったのだろう。愛は人を惑わすというが、まさしくそのとおりだ。スコットは腹立たしく思いながら、メルセデスに飛び乗り、エンジンをふかした。

しかしいま、彼は愚かではない。

それに答えが欲しい。多くの疑問に対する明確な答えが。

2

「本当に送らなくていいのか？」コーリーが言った。「荷物を運び出すのに助けがいるかもしれないだろう。午後に仕事を休むのは簡単なんだ。フレキシブルタイムで働いているからね」

「ありがとう、コーリー。でも、これはわたしひとりでやり遂げたいの」

「ブルータスがいないのは確かなのか？」

サラはコーリーがスコットにつけた新しい

ニックネームにたじろいだ。夫にふさわしくないからではない。金曜の夜に彼がしたことは、情熱を口実にした、ひどい仕打ちだった。自分が許し、楽しんだすべてのことを思い出すと、胸が悪くなる。スコットにすべてを奪われながらも、わたしは存分に楽しんだ。恥ずかしい声をあげ、やめないでと懇願した自分を思い出すと、顔が熱くなる。

明くる朝、前夜のスコットの行為が嫉妬と復讐《ふくしゅう》によるものだとわかると、サラのショックは怒りに変わった。

「彼が仕事に行っていないと本気で思っているの?」サラは辛辣な口調で応じた。「頭の上に爆弾でも落ちない限り、月曜日の朝にスコットをオフィスから引き離しておくなんて不可能よ」

「きみの話から察するに、土曜日の朝は爆弾が落ちたみたいなものだ」

サラは簡単に癇癪《かんしゃく》を起こしたりする女性ではなかった。けれど、いったん癇癪を起こすと……。

「どれだけわたしが頭にきたか、あなたにはわからない!」

「わかるよ。ぼくのところに来たときのきみを見たからね。猛烈に怒っていた。泣きだすまでは。週末にかけて、涙の洪水でライフジャケットが必要になるかもしれないと思ったくらいだ」

「笑わせようとするのはやめて、コーリー。あの人はわたしの心を打ち砕いたのよ。とても許すことなんかできない」

「どうして？　彼がたいていの男と同じように振る舞ったからか？　フェリックスがぼくを裏切ったとわかったとき、それまでにもましてぼくは彼に熱を上げたものだ」

「でも、あなたはフェリックスを愛していなかった。それに、わたしはスコットを裏切っていない！」

「でも、見たところきみは……」

サラはうめいた。「ええ、ええ、わかっているわ」

「スコットに電話をかけ、どうしてきみが弁護士の友人とホテルにいたのか説明するべきだと思う。なんやかや言っても、きみの話によると、写真は裏切りの証拠になりそうなものなんだろう？」

「話したところでどうなるの？　スコットは謝り、それからずっと幸せに暮らしていくの？　それはないわ、コーリー」

「ああ、忘れていたよ。きみは蠍《さそり》座《ざ》だった。蠍座の人は決して許さないし、忘れもしない。ところで、そもそもそんな写真を彼に送りつけるような卑劣なまねをする人間に心当たりはあるのか？」

サラはため息をついた。「午前中、ずっとそのことを考えていたの」

「一緒に働いている誰かとか？」

「思いつかない」

「きみを嫌っている人だな。あるいはスコットを嫌っている者か。そっちのほうが可能性は大きいかもしれない」

「スコットとクリーオに関する噂《うわさ》をフィルに話した人かも」サラは推測した。

「そうだ、そのとおり」コーリーは興奮して言った。「これは誰かが仕組んだものに違いないって、最初から言っただろう。でなければ、ぴったりの場所とぴったりの時間にきみとフィルがホテルにいる証拠写真を撮れるはずがない。偶然と言うにはあまりにも偶然すぎる。犯人はきみと一緒に仕事をしている誰かだ。そうに決まっている。昼食時に二人が一緒に出るところを目にして、あとをつけたんだ」

「でも、いったい誰なの？」

「ぼくにはわからない。だけど、これできみの結婚生活が壊れたら、そいつの勝ちだ」

「わたしたちの結婚生活を壊したのはスコットよ」サラは言った。「要するに、彼はわたしのことを愛していないか、信頼していないかのどちらかよ。彼は結論に飛びつき、わたしに説明させようともしなかった。本当はわたしのことなど気にかけていないから、わたしがどう感じるかなんて、どうでもいいのよ。彼にとってわたしは箔《はく》をつけるための妻にすぎなかったことが、いまになってわかる。社交の場に連れていけるし、その気になればいつでもセックスができる。スコットが家にいるときはね。この半年は留守がちだった。先週の金曜日に彼が出張を切り上げて帰って来たときは、てっきり週末の結婚記念日を一緒に過ごすためだと思って、喜んだのに。なんてわたしはばかだったのかしら。いろいろな意味で」

「おやおや。いまだに本気で腹を立てているんだな」

「もちろんよ。ああ、そろそろ行かないと。もう掃除の人は帰っているし、ブルータスが帰ってくるまでに、アパートメントを出ていたいもの」

「いよいよ彼のことをブルータスと呼びはじめた」コーリーはそっけなく言った。

「彼にはぴったりね」

「好きは嫌いの裏返しと、よくわかっているようだな」

「ええ、そうよ。わかっているわ。もう行かないと、コーリー。また今夜ね」

「中華料理を買って帰るよ」コーリーが言った。「おいしいワインも」

「いいわね。ありがとう」

電話を切るとき、サラの目は涙でちくちくした。コーリーは本当にいい友だちだ。とても優しい。先週末、彼がいなければ、どうしていただろう? 友だちは多くなかった。高校時代のわずかな女友だちとは高校卒業後は疎遠になった。

大学一年の終わりに母が死んでから、やはり同じことが起こった。勉強にも身が入らず、まともに悲しむこともできず、バックパックで世界をまわることにした。二年後にシドニー大学に戻ってきたときには、以前の友人たちはいなくなっていた。自業自得だとサラは思った。さすらいの旅の最初の一年間は、長いあいだ鬱状態に悩まされ、友人たちと連絡を取っていなかった。

ヨーロッパの記憶はぼんやりとしていた。すばらしい風景もサラの魂を揺さぶることはなく、人生を明るくすることもなかった。途方に暮れた状態で町から町へと移動した。

ようやく心の霧が晴れたのはアジアに着いてからだった。そこで会った人たちは本当に温かく優しかった。特に子供たちはかわいかった。インドとタイとベトナムを一年近く旅行しているあいだに、鬱の症状と苦痛は消え去った。そして、男性に対する気後れを克服し、愛をつかむことができるかもしれないと思えるようになった。

シドニーに戻って勉強を始めるころには、しだいに開放的になり、少なくとも男性とつき合おうという意欲が湧いた。だからといって、急いで誰かのベッドに入るつもりはなかった。シドニー大学での最初の学期で、コーリーに出会ったのは思いがけない幸運だった。当時のことを振り返ると、サラは苦笑した。異性とセックスに対する用心深さを永遠に消してくれる人はコーリーかもしれないと思っていた。彼は一緒にいて楽しいだけでなく、外見も申し分なかった。ブロンドの髪にきらきら輝く青い目、筋肉質の体を持つ彼はとてもセクシーだった。

彼に夢中になったわけではないが、魅力的だと思った。当時は男性に夢中になるのがどういうことかわかっていなかった。場を盛り上げるタイプのコーリーは、大学の読書サークルや映画クラブにサラを誘った。すぐに二人は一緒に出かけるようになった。ようやくサラが大きい一歩を踏み出して彼とベッドをともにする決意を固めると、コーリーはとうとうゲイであることをカミングアウトせざるをえなくなった。それまで彼はゲイであることを否定しようとしていた。両親に拒絶されるのが怖かったのだ。

だが、両親は拒絶しなかった。

以来、二人は親友のまま、つき合いを深めていった。コーリーは気の合う男性とデートを重ね、サラはバージンのままでいるしかなかった。心から愛し信頼している男性でなければベッドをともにするつもりはなかった。お互いに信頼し合うこと――それが何より大事だった。頭の中では、同性愛者ではないコーリー――セクシーで、知的で、優しい誰かを思い描いていた。

残念ながら、そんな男性に巡り会えるとは思えなかった。大学を卒業して就職した大手法律事務所では、多くの男性が精力的に働いていた。しかも彼らの何人かは好意を伝えてきた。だが彼女の心をとらえる男性はいなかった。すばらしくハンサムで、すばらしく知的で、本当にすてきなフィルにさえ惹《ひ》かれなかった。三十五歳の彼は年齢が上すぎた。いつの日か〝ミスター完璧〟が現れて恋に落ち、結婚して、少なくとも二人の子供に恵まれる――そんな夢をサラは抱き続けた。

だが、スコットが彼女の人生に登場したとたん、彼女が理想としていた男性像は粉々に砕け散った。第一に、彼はフィルより年上に見えた。あとで同い年だとわかったが。第二に、彼はいわゆる美男子ではなかった。そして、大学も出ていなかった。それどころか高校にも行っていない。十代の数年間は探鉱者の父親と一緒に奥地を旅していた。それでも、スコットは明らかに知的な男性で、自力で莫《ばく》大《だい》な富を築いた鉱山業界の大物だった。強くて寡黙なボクサーのようなスコット・マカリスターは、あらゆる点で男の中の男だった。繊細さなどかけらもなく、彼女の人生に強引に割りこんできた。

彼と初めて会ったときのことを、サラは死ぬまで忘れないだろう。普段は冷ややかなスコットのグレーの欲望に満ちた視線が、彼女の頭のてっぺんから爪先まで走った瞬間、たちまち彼女の体は燃えあがった。そのときから、サラは彼のものになった。

スコットは会って五分後にサラを食事に誘った。彼女はイエスとしか答えることができず、体は欲望に焼き尽くされた。心を乱す、抵抗しがたい欲望に。ディナーのあと、いつもスコットは彼の家に行こうと誘った。サラが三回目までその誘いに屈しなかったのは、奇跡と言ってよかった。

もちろん、サラがバージンだったことにスコットは驚いていた。気に入らなかったのではない。その事実に魅せられ、バージンを相手にしたのは初めてだと告白した。

まもなく、サラは彼の大きくてたくましい体と情熱的だけれど思いやりのあるセックスだけでは充分でなくなった。彼の腕に抱かれているときに生じる安心感が好きだった。それに、愛されていると感じることが。ベッドをともにすることで本当に愛されていると感じることは、体の喜びを体験する以上にサラにとっては大切だった。

少なくとも彼女はそう信じていた。先週の金曜日の夜までは。

「あの夜のことを考えてはだめよ、サラ」彼女は声に出して自分に言い聞かせた。「そんなことを繰り返していたら、頭がおかしくなるから」

サラは気力を奮い立たせ、ハンドバッグと車のキーを捜しはじめた。

十分後、ハーバー・ブリッジを走りながら、アパートメントから取ってくるもののリストを頭の中で作った。まず、仕事用の服だ。毎日、病気で休むと電話をするわけにはいかない。週末にずっとはいていたジーンズで仕事に行くこともできない。今日はコーリーのトレーニングウェアを着ているが、これも論外だ。もちろん、洗面道具もいる。それに化粧品も。土曜日の朝にスコットと口論したあと、ほとんど何も持たずに飛び出した。外出用のおしゃれ着は、また別の日でもいい。近いうちにデートに出かけることもないだろうから。

だけど、もし〝別の日〟がなかったらどうしよう？　スコットがわたしを追い出し、鍵を取り替えてしまったら？　彼ならやりかねない。否定されたり、まして裏切られたりするのをおとなしく受け入れる人ではない。サラは認めたくなかったが、確かにあの写真は、彼女とフィルの浮気現場をとらえているように見えた。

そうよ、できるなら、わたしのものはすべて今日、取ってこなくては。

この一年間サラが家と呼んでいた高層アパ

ートメントが目に入ってくると、現実的に対処しようという思いは消えていった。スコットはしょっちゅう家を空けていたが、そこには幸せな暮らしがあった。ここ数カ月、彼の事業が難題に直面していることは知っていた。金属の価格がこれまでになく落ちこみ、業績が低迷していたのだ。それでも彼の度重なる出張はサラをいらだたせた。

　一方で、夫の帰宅はいつも特別な喜びをもたらした。先週の金曜日、サラは大変な一日を過ごしたあとだけに、よけいにうれしかった。土曜日の朝に目を覚ましたとき、満面に笑みをたたえていたほどだ。

　そのときはまだ、スコットの飽くなき欲望の裏に何が隠されているか、サラはまったく知らなかった。彼の激しい欲望を思い出して少しショックを受けながらも、自分が夫婦生活に少しは積極的になったことに、心の中で興奮を覚えていた。そのうえ、本当のことを言うなら、夫の愛撫《あいぶ》はいつにも増してとても刺激的で、サラは何度も繰り返す強烈なクライマックスに身も心も砕け散ってしまいそうだった。

　翌朝、サラは服を着てスコットを捜しに行った。週末はずっと一緒に過ごせると思い、わくわくしていた。そんなふうに胸が高鳴るのは久しぶりだった。

　サラはうめき声をあげた。自虐的なつらい

体験をまた思い起こした自分が腹立たしい。

「まったく、彼があんなろくでなしだったとは」サラは怒りに任せてつぶやきながら、地下の駐車場へと続く坂道を下っていった。

坂の下で車を止め、カードキーを機械に通し、防犯ゲートを上げる。ゲートはいらいらするほどゆっくりと上がり、ようやく通り抜けることができた。スコットは仕事をしているに決まっているとコーリーに自信たっぷりに言ったものの、実際に彼の駐車スペースが空いているのを見てサラはほっとした。

自分のスペースに赤いハッチバックを止め、鍵をかけると、サラは急ぎ足でエレベーターに向かった。

二人が結婚する一週間前にスコットが買った豪華な高層アパートメントに向けて、エレベーターが上昇していく。彼は花嫁を感動させたかったのだ。事実、サラは感動した。

ペントハウスではなかったが、最上階のわずか一階下で、とにかく広かった。バルコニーからの眺めもすばらしい。さらに居間の厚板ガラスの窓からは、シドニーのハーバー・ブリッジをはじめ、遠くのオペラハウスも望めた。主寝室の床から天井まで続く窓からも同じ景色を眺めることができ、夜景はすばらしいとか言いようがなかった。

主寝室のほかに、客用の寝室が二つあり、どちらにも浴室がついていた。二つの正式な応接間に加え、ホームシアター、化粧室、ジム、それにキッチンがある。キッチンは、ディナー・パーティを開く際に、ケータリング業者が満足するほど広かった。これまで一カ月に一度は開いていた。サラも料理はできるものの、十二人用の正餐用《せいさんよう》のテーブルに着く客に数種類の料理を作り、同時に女主人《ホステス》役を務めるのはとうてい無理だった。

アパートメントに入ったサラは、広々とした大理石の床の玄関ホールにしばらく立っていた。初めてここを目にしたときの感動を思い出す。サラは中産階級の家庭で育ち、貧しい思いをしたことはなかったけれど、部屋の大きさや、豪華な内装、明らかに輸入品と思われる優美な家具に圧倒された。何一つとして変えたいと思うものはなかった。

サラは絨毯《じゅうたん》敷きの廊下を主寝室へと歩いていった。家の中でも彼女のお気に入りだった場所に足を踏み入れるなり、きちんと整えられたキングサイズのベッドからすっと目をそらした。先週の土曜日の朝、ベッドがどんなふうに見えたか考えまいと努めた。オイルの染みがついたシーツがからまり、黒いヘッドボードには長く青いシフォンのスカーフが取ってつけたようにかかっていた。

どんなに止めようと努力をしても、サラの脳裏にはあのときの光景が次々とよみがえった。スコットに手首を縛られ、ひどく興奮したことを思い出すと、喉がからからになった。彼はボディローションを至るところに注ぎ、女性がひそかにふける空想に自分がいかに通じているかを見せつけた。さらに彼はサラをうつ伏せにし、背中にもローションをかけた。それでもサラは抗議せず、やめないでと懇願した。

そして、彼はやめなかった……。

ああ、まったく。

金曜日の夜のことをこれ以上嘆いていてはだめよ。サラは胸の内で自分にぴしゃりと言った。あなたの持ち物をすべて集め、さっさと出ていくのよ！

サラは足早に厚いクリーム色の絨毯を横切り、ウォークイン・クローゼットへと入っていった。そして二人が新婚旅行にハワイに持っていった大きなスーツケースを二つ下ろした。あのときは幸せだった。スコットもとても幸せそうだった。

何もかも幻想だったのかもしれない。彼はベッドでのわたしにいつも退屈していたのかもしれない。たいていの金持ちの男性は、箔づけの妻に飽きてくると、新しい妻と交換するか、先週の金曜日の夜よりもっと異様な行為にふけることができる愛人を作るかするのだろう。結局のところ、スコットとクリーオの噂は本当なのかもしれない。

いいえ、違う。サラは噂を信じまいとした。

聞いたときも信じなかったし、いまも信じていない。

信じていなかったのなら、スコットとクリーオが関係を持っているという証拠はまったくないと調査員が断言したとき、なぜ安堵《あんど》のあまりホテルの浴室に駆けこんで吐いたの？

サラの心の奥には醜い過去が住みついているため、本当は信じていたのだ。大半の夫は詐欺師で、ばかな妻はすぐに夫を許してしまう、と。もし調査員が反対のことを言っていたら、わたしはどうしただろう、とサラはよく考えた。〝はい、スコットはクリーオと関係を持っています〟と調査員が言ったとしたら、わたしはスコットとまっすぐ向き合ったかしら？　そして彼から去った？　本当にいま、わたしは彼から去ろうとしているの？

わたしが不実を犯したと夫が信じているのは明らかだ。彼は離婚を望むだろう。わたしが夫について一つ知っていることがあるとすれば、彼が黒か白かという考え方をすることだ。それは彼の強さであり、弱さでもある。彼のまっすぐな性格と、どこまでも誠実で正直なところは、すばらしいといつも思っていた。けれどスコットにはいささか視野の狭いところがあった。彼の考え方にはどっちつかずということはなかった。スコットは自分が間違っていたと確信しなければ、謝ったりしない。そして彼は、わたしが夫に不当な仕打ちをしたと信じている。

一連の悲惨な考えを頭から締め出し、サラはハンガーから服を取りはじめた。そのとき突然、ウォークイン・クローゼットの奥の壁にかかっている姿見に映る自分の姿が目に飛びこんできた。ああ、見られた格好ではない。ここ数日まともに洗っていない髪は特に無残だ。藁《わら》のようになった巻き毛を美しく再生させなければ。思いがけず彼が帰ってきて、裸でシャワーを浴びている彼女を目にすることはなさそうだ。時間はまだ充分にある。

けれど、サラは急いでいた。できるだけ早くかつての愛の巣から出ていきたかった。

3

地下の駐車場に入っていったスコットは、サラの車が止めてあるのを見て、コーリーの家で彼女を見つけられなかったいらだちがいっそう高じた。彼女は病気なんかではなく、彼が仕事に出かけていると踏んで、こっそり家に帰ってきたのだ。自分の所持品を持ち運ぶために。ほかにも彼女が気に入っているものを持ち去るだろう。帰宅したら家の中がからっぽになっていたという男たちの体験談を聞いたことがある。

エレベーターでアパートメントに上がっているあいだは怒りでいっぱいだったが、家の中に入って何一つなくなっていないのがわかると、怒りはおさまりはじめた。芸術作品はまだ壁にかかっているし、高価な置き物もすべて元のままだ。

だが、大声でサラを呼んでも返事がなかったとき、恐ろしい考えが脳裏をよぎった。彼女は車を返しに来たのかもしれないと。スコットがクリスマスプレゼントに贈った車を返し、さっさとタクシーでどこかに帰っていったのかもしれない。サラは永遠に去ってしまい、ぼくが真実を探り出す機会は永遠に失われたのかもしれない――そう思うと、スコットは気分が悪くなった。

そのとき、水の流れるかすかな音が聞こえてきた。そのとたん、スコットは廊下を駆け、寝室へと向かった。バスルームのドアが閉まっている。サラはシャワーを浴びているのだ。どっと安堵《あんど》の念がこみ上げた。同時に、困惑も覚えた。もちろん、ぼくはサラが和解を求めて帰ってくることなど望んではいないだろう? まして彼女を許そうなどとは思っていないはずだ。

バスルームのドアの左手に目を向けたとき、ウォークイン・クローゼットのドアが開いているのが見えた。スコットはドアへと歩いていき、その前に立った。両手を握り締めて床に置かれた二つのスーツケースを見下ろし、歯を食いしばる。オーケー、サラは和解など求めてはいない。けっこう。ぼくが望んでいるのは、彼女が自らの行動に申し開きをすることだ。

　このところ、ずっとサラを放っておいた、あまりにも頻繁に彼女をひとりにしすぎた、とスコットは週末のあいだ思い悩んでいた。先週の金曜日の夜、ようやくそのことに気づいた。あの夜、サラは彼の腕の中で違う女性になった。激しく、みだらで、大胆だった。ほかの男がどんなことをしても手に入れたいと思う女性、そして夫が決して忘れることができない妻だった。

　あの夜、サラの中に入っているとき、スコットはうめき声をあげた。だが、彼女は夫のことを考えていないのではないかと疑った。あの日の昼食時に一緒にいた男のことを思っていたのかもしれない。そして彼が仕事で家を空けているときはいつもあの男と一緒に過ごしていた可能性もある。

　ひどく気分が陰鬱になったそのとき、バスルームの中の音がやんだ。スコットはジャケットを脱いでネクタイを取り、シャツのいちばん上のボタンを外すと、靴を脱いでベッドに横たわった。不実の妻が現れるのを待っていると思うと胃がむかついたが、頭はあくまでも冷静だった。

　サラは手早く体を乾かし、濡《ぬ》れた髪をタオルで包んで、バスルームのドアの背からピンクのシルクのローブをつかんだ。さほどセクシーな格好ではないが、七分袖の着物風のローブは美しく、とても快適だった。これは置いていくつもりはない。火照った体の上から羽織ってサッシュをゆったりと締め、ドライヤーで髪を乾かした。コーリーのドライヤーより強力で効率がいい。はるかにきれいにセットできたと思いながら、長くてなめらかなストレートヘアを指で梳《す》き、バスルームのドアを開けた。

　その瞬間、思いがけない光景に息をのんだ。スコットがベッドに横たわっていた。両手を頭の後ろで組み、足首を交差させている。無頓着な格好だが、冷ややかな灰色のまなざしには無頓着なところなど皆無だった。

「ここにいるつもりはないんだな？」スコットの声はまなざしと同じくらい冷たかった。

　サラは恐怖で喉がひりつき、心臓がどきどきして、口がきけなかった。これまでスコットを怖いと思ったことは一度もなかったが、いまは怖かった。

「ええ」ようやく出た声は、ひどくかすれていた。「ただ……服を取りに来ただけよ」

　スコットは足首をほどき、ふいに体を起こ

した。「そんなに怖がる必要はないよ、サラ。きみを傷つけたりはしない。そんなことはわかっているはずだ」

「このあいだの金曜日の夜はわたしを痛い目に遭わせたわ」サラは言い返した。

「そうじゃないことはきみも理解している」スコットは歯をきしらせて指摘した。「ぼくがしたことを、きみは余すところなく楽しんだ。不義の上に偽善を重ねるようなまねはしないでくれ」

　サラは彼をたたこうと手を振り上げたが、顔に触れる前に手をつかまれた。

「やめるんだ、サラ。お互い、大人らしく振る舞おう」

　彼に引き寄せられるとサラは覚悟した。スコットの光る灰色の目がそう語っている。鼓動がさらに速くなった。彼が手を離したとき、サラはほっとしたのか落胆したのか、自分でもよくわからなかった。

　スコットの口元に悲しげな笑みが浮かんだ。

「きみはもう少し服を着て、それから危険のない場所に移ったほうがいいんじゃないか。裸同然のきみと一緒にいると、集中して考えられない。この瞬間にぼくが考えられるのは、いろいろあったにもかかわらず、まだきみが欲しいということだけだ」

　スコットの驚くべき言葉に、サラは唖然《あぜん》とした。もっと驚いたのは、サラも同じように彼が欲しいと思っていることだった。二人とも救いがたい。

夫との距離を縮め、怒りに引き結ばれた彼の口にキスをしたいという、不合理だが強烈な衝動を覚え、サラは戸惑った。

彼女の目の奥深くに正気とは思えない欲望を見て取ったのか、スコットはいぶかしげに目を細めた。そして突然、両手を伸ばすと、彼女の肩をつかんで引き寄せ、頭を下げた。

サラはあらがい、究極の偽善者になることもできた。だがそうはしなかった。スコットの荒々しいキスの下でうめき、彼の強靱《きょうじん》な体にもたれた。唇と腰は狂おしい欲望に震えている。

狂気の沙汰だ。何もかも。スコットはいまもわたしに裏切られたと思っている。けれど、いまこの瞬間、彼がどう思っていようとサラはかまわなかった。大事なのは、いま。そしていま、あの金曜日の夜をしのぐほど、彼女は興奮していた。激しい欲求に突き動かされてキスを返す。スコットが何を信じていようと、自分はいまも彼のものだと伝えるようなキスだった。

彼が引きはがすようにして唇を離すと、サラは抗議するかのようにうめいて、うつろな目で彼を見上げた。

「ああ、サラ……」スコットはかすれた声で言い、再びキスをした。分別は激しい情熱に打ち砕かれた。唇を重ねたまま、彼はサラのローブをはぎ取り、ぞんざいに放り投げた。

　そのころにはサラは激しく震えていた。もちろん、寒さからではない。髪の房が顔に落ち、目にかかった。髪のあいだから、欲望を浮かべた彼の顔を見つめる。どきどきした。彼女は、スコットがあの夜に作り出した特別な世界にすでに夢中になっていた。刺激的な官能の世界、分別のない、ひたすら快楽を渇望する世界に。

　スコットは両手でゆっくりと彼女の顔から髪を後ろへと押しやり、うなじでしっかりと一つにまとめると、そっと後ろへ引いて、サラの不実な体の動きを封じた。そして彼は顔を紅潮させ、荒々しい息遣いで彼女を見下ろした。

「きみを許しているとは思うな」

「許してもらわないといけないようなことは何もしていない」サラはなんとか言い返した。だが彼は笑っただけで、彼女が抵抗できなくなるまでキスと愛撫《あいぶ》を続けた。当然ながらサラはそれ以上説明することができなかった。

　スコットは彼女を抱き上げ、銀灰色のキルトの上にそっと下ろした。彼が急いで服を脱いでいるあいだ、サラはただそこに横たわり、欲望に身を震わせていた。それからスコットはサラに覆いかぶさり、熱く潤った部分に我が身を沈めた。サラは動物じみた声をあげ、彼をしっかりと抱き締めて、力強い腰に脚をまわした。そして彼と一緒になって動き、彼の名を呼んだ。またたく間にサラはクライマックスに達し、大声で叫びながら喜びの波に何度ものまれて、強烈な快感にあえいだ。

だが、絶頂の波が引きはじめると、たちまち分別が舞い戻り、たったいま自分のしたことが厳然たる現実となってよみがえった。

「まったく」サラは愕然《がくぜん》とした。スコットにどう思われているか知っていながら、なぜ彼にこんなまねを許したの？　どうして一緒になって楽しむことができたの？　少なくとも金曜の夜は、写真について知らなかったし、スコットが何を考えているかも知らなかった。

でも、いまは……。

いまスコットが考えていることを思うと、サラは苦痛に顔をゆがめた。彼はわたしのことを最悪の女だと思っているに違いない。

一瞬、スコットの目に困惑の色が表れ、それからまた冷ややかなまなざしが戻った。そしてふいに体を引き、彼女を見ずに立ち上がって服を着はじめた。それから目に嘲りの色を浮かべてローブを拾い、サラの裸身に投げかける。

「ぼくはキッチンに行き、コーヒーを作って待っている」彼は耳障りな声で言った。「ちゃんと服を着たら、来てくれ。話をする必要がある」

サラはぎゅっと目を閉じ、ローブを両手でつかんだ。えも言われぬ興奮はたちまちはるか遠い記憶になり、後悔の念がどっと押し寄せる。わたしはいったい何に取りつかれたのだろう? 自分でも理解できない。スコットの腕の中に飛びこんだのは愛からではない。もっと根本的なもの、もっと原始的なものだ。拒むことのできない何か。単なる欲望か、あるいは、はるか昔から女性が自分の夫に対する所有権を主張してきた本能だろうか?

最後のシナリオには納得できそうだ。そう思いながら、サラはローブを着て、しぶしぶキッチンに向かった。だが、どちらの考えも気に入らなかった。なぜなら、どちらであれ、スコットに対して自分が弱くなるからだ。妻が話したことを信じない夫とは暮らせないということを、スコットに理解させなければならない。彼の許しはいらない。わたしが欲しいのは信頼だ。それに尽きる。

胸をはだけたままキッチンでコーヒーをいれている夫を見て、サラは息をのんだ。なんて魅力的な体だろう。背中、腕、胸へと筋肉が波を打っている。つき合いはじめて間もないころ、体の大きな彼に怖《お》じ気《け》づいていたが、やがて彼がどれほど優しくなれるかを知った。それからは彼の腕に抱かれていると、自分は安全だと安心できた。もう彼はその安心感を与えてくれない。

彼を見ていると、サラの心は恐怖に震えた。スコットは危険なほど刺激的だ。これはわたしのかわいそうな母が夫に感じていたものと同じだろうか。欲望は女性を弱くする、とサラはいまになって悟った。ある意味では、愛情よりも弱くする。これは恐ろしい考えであり、彼女が闘おうと誓った考えだった。

そう考えると、胸が高鳴るようなばかげた感情を無視できた。

「どうして仕事に行かないの？」サラはそっけない口調で尋ね、朝食用のバースツールに腰をかけた。

彼は振り返り、湯気を立てているブラックコーヒーのマグカップを二つ、カウンターに運んできた。

「仕事が手につかないから、きみを捜しに出かけた」彼は言った。「それでコーリーのところにいなかったから、家に帰ってきた」

彼が妻を捜すためにオフィスを出たと知っても、サラは喜ぶまいとした。「電話をかけてくれたらよかったのに」

彼は嘲るような声を出した。「かけなかったと思うのか？　きみは週末のあいだ電源を切っていた。今日かけ直してみると、話し中だった」

サラはコーヒーに視線を落とした。「たぶんコーリーと話していたのね」

「フィリップ・レイトンとではないのか？」

サラは顔を上げ、大きく目を見開いた。

「とぼけるな、サラ。あの写真の男が誰か、ぼくは知っている」

たちまちサラの困惑は怒りに取って代わられた。「信じられない。あの写真を調査させたの？」

「いったい何を期待していたんだ？」スコットは言い返した。「きみは何も言おうとしなかった。説明するのを拒否した」

「あなたが最初に家に帰ってきたとき、あの写真を見せてくれていたら、何もかも話したわ。でも、あなたは見せなかった。まず自分の欲求を満たさないと気がすまなかったのよね。そうでしょう？」

「きみの情熱的な挨拶に気をそらされてしまったんだ」スコットは目に冷ややかな怒りをたたえて答えた。

「それと、きみの嘘《うそ》に」

「わたしの嘘？」サラは心から驚いた。「なんのこと？」

「きみは先週の金曜日の昼食時に出かけ、特別な記念日の贈り物を買ったと言った。本当はきみはバーで過ごし、それから男とホテルの部屋に上がっていった。そのことをぼくは知っていた」

サラの頬が怒りに赤く染まった。「わたしは間違いなく記念日のための贈り物を買ったわ」激しい口調で言う。「何一つ恥ずかしいことはしなかったホテルを出た帰り、ブティックでね。よかったら、見せてあげるわ」

「それには少し遅いと思わないか？　ぼくがとんでもない思い違いをしているのでなければ、ぼくたちは離婚裁判所に向かっている。二、三年は子供を作らないことに決めておいてよかった。まさに、ピルに感謝だな」

　その言葉を聞くなり、サラは凍りついた。最後にピルをのんだのはいつだったか思い出せない。先週？　それとも先月？　自分の愚かな行為の結果を考えると、顔から血の気が引き、サラはうめき声をもらした。

「どうした？」スコットはサラをにらみつけた。「具合でも悪いのか？」

4

　いまやサラの顔は真っ青だった。今回の一件が始まって以来、頭はずっと混乱していた。けれどもいまは混乱を通り越し、ショックを受けていた。

　これまでの人生で二度意識を失ったことがある。二度とも気持ちのいいものではなかった。けれど意識を失う前の感覚は記憶にある。手が冷たくなり、世界が傾くような感じがした。いまもこうした兆候があり、サラはスッールから滑り落ち、膝のあいだに頭を落とすようにしてタイルの床に座りこんだ。

「いったいどうしたんだ？」スコットが驚きの声をあげた。「病気なのか？」カウンターをまわってきて、彼女の隣にしゃがむ。「救急車を呼ぼうか？」

「いいの」サラはそれだけ言うのがやっとだった。

ショックに加え、食べていないせいもあるだろう。朝食をまったくとっていなかった。ついでに言えば、昼食も。今朝、コーリーは彼女が起きる前に仕事に出かけてしまった。きのう、彼はあれこれサラの世話を焼き、飲食を強いた。コーリーが出かけると、サラは自分のことを少しもかまわなかった。

「すぐによくなるわ」サラは弱々しい声でつけ加えた。「ちょっと気が遠くなっただけ。もしよかったら、トーストを焼いてちょうだい。蜂蜜をたっぷりかけてね」

「トーストか」

スコットはすっかりうろたえているようだった。だが彼が立ち上がり、ズボンに包まれた脚が見えなくなったので、頼んだことをしてくれているに違いないと思った。ようやく立ち上がれそうな気がしてスツールによじのぼったものの、脚はまだ震えていた。コーヒーを飲もうとマグカップをつかむ手も震えている。少し前に気づいたことをまだ受け入れることができず、心の中も震えていた。運命は残酷だと言われるが、これは運命ではない。彼女自身の不注意だった。

　サラはうめき声を押し殺した。妊娠したかもしれないと思うと、恐怖のあまり胃が縮みあがる。赤ん坊は愛の営みから生まれるべきであって、忌まわしい嫉妬心による行為からではない。妊娠したのが今日だとしても、先週よりましだとは言えない。いいえ、先週の金曜日よりはずっとましよ。いまは何をしているか、少しはわかっているのだから。

　そんなことはない、とサラは首を横に振って再び否定した。何をしているか、本当はわかっていなかった。スコットに抱かれると、わたしは彼の言いなりになってしまう。

　サラはトーストにバターを塗っている彼の手に目をやった。大きな手。大きくて力強い手。何年も肉体労働をしてきたせいで、手のひらにはたこができている。彼はずっとスーツを着た実業家だったわけではない。

「気分はよくなったか？」スコットは尋ね、彼女の前にトーストを置いた。

「ええ、少しだけれど。ありがとう」彼のいぶかるようなまなざしを避け、トーストを何口か食べ、コーヒーと一緒にのみこんだ。

　少ししてスコットが口を開いた。「サラ、先週の金曜日にホテルで何があったのか、そろそろ話してくれ。本当のことが知りたい」

サラは白い石のカウンターの上にマグカップを置き、深く息を吸ってから、彼の断固とした顔を見上げた。

「本当のこと……」サラは繰り返したが、思っていたより穏やかな声だった。自分の言葉をスコットが信じるとは思えなかった。彼はわたしが作り話をしていると思うかもしれない。もしそうであるなら、フィルと話すように言えばいい。彼が証明してくれるだろう。

三十分前なら、真実を知りたいという彼の要求にうんざりしたに違いない。しかし、いまや状況が一変した。スコットの子を妊娠しているかもしれないいまは。

サラは息をのみ、切りだした。「わたしはあなたに関する情報を持っているという私立探偵と会うためにホテルに行ったの。フィルと一緒に」

「ぼくの？」

「そう、あなたの。あの日の朝、休憩室でフィルが近寄ってきて、信頼できる筋から聞いた話だが、あなたが個人秘書のクリーオと関係を持っている、とささやいた」

「なんだって？　ばかばかしい。きみもわかっているだろう！」

サラはスコットの怒鳴り声にはぐらかされまいとした。「そうかしら？　クリーオは魅力的な女性だわ。それに何より彼女は未亡人だし」

スコットの頬骨が怒りに赤らんだ。「ぼくはクリーオと関係など持っていない。未亡人うんぬんに関して言えば、クリーオは亡くなったご主人をいまでも心から愛している。ほかの男とベッドをともにするどころか、目もくれないだろう」

「どうしてそんなことがわかるの？」

スコットはすっかりうろたえているようだった。「まあ……わかるんだ！」

「彼女と親しく話をするからわかるんでしょう」サラは辛辣な口調で指摘した。「妻のわたしと話す以上に」

「よしてくれ。ぼくたちは仕事の話をしているだけだ。個人的な話ではない。一緒にいる時間が長いんだから、会話も多くなる」

「よくわかっているわ」サラはそっけなく同意した。

「話が本筋からずれている。あの写真についてきみは説明する義務がある」

「話しはじめていたところよ。わたしはホテルのバーで私立探偵と会うことになっていた。でも、彼は姿を見せなかった。わたしたちがバーで彼を待っていたとき、私立探偵からバーの電話にフィル宛てにかかってきたの。私立探偵は上階の部屋のバルコニーから人を見張っているので、いまは下りていけない、だから二人に上がってきてほしい、ということだった」

　スコットはいぶかしげな視線を彼女に注いだ。「筋が通らないぞ、サラ。どうして私立探偵はきみに話すべきことをフィルに話したんだ？」

「フィルの話では、探偵はデリケートな情報のやり取りは携帯電話を使いたくないということだった。とりわけ著名人を相手にしているときは」

　スコットはばかにしたような声をあげた。「そうか、ぼくは不倫をした著名人でもあるんだな？」

　サラは顔が赤らむのがわかった。「あなたが不倫をしていないのはわかっているわ、スコット。私立探偵はあなたがクリーオともほかの女性とも関係を持っているという確かな証拠はないと言った。あなたを数週間見張って――」

「ぼくを数週間見張った？　なんと！　どういうことだ？　誰がそいつを……わかった。雇ったのはレイトンだな？」

「ええ、そう、彼よ。少し奇妙に思えるのはわかるけれど、わたしの考えではないわ。フィルは離婚弁護士だから、噂《うわさ》を聞いて、わたしのことを案じてくれた。それでわたしに相談せずに、彼のなじみの私立探偵に調べるよう頼んだの」

「きみの歓心を買うためにか？」

「何を言っているのかわからないわ」

「誰があの写真を送ったのか、まだわからないのか、サラ？　きみが言ったことが本当なら、ばかでもわかる。これはでっちあげだ。こんなふうにきみをホテルにおびき出し、上階に連れていく。きみがその部屋に上がったとき、私立探偵はいたのか？」

サラは眉をひそめた。「いいえ……最初はいなかった。外に出て数分のあいだ誰かを追わないといけない、というメモが残っていたわ。彼はしばらくしてからやってきた」

「きみが帰る前にレイトンと親密な時間を過ごせるだけの時間があったように見せかけたんだ」

サラはいっそう眉をひそめた。「でも、それはつまり……つまり……」

「仕組んだのはレイトンだ」彼はサラの代わりに言った。

「でも、どうして？」

「どうしてだと思う？　彼はたぶんきみにほれている」

「ばかばかしい」サラは腹立たしげに否定した。彼の指導で仕事をした週に夕食に招かれたことがあった。でも一度きりだった。彼と話すのは楽しかったけれど、二人のあいだに恋愛感情はなかった。少なくとも、わたしのほうには。

それからサラはスコットに出会い、フィルはただの友だちになった。とてもいい友だちに。休憩室でよく彼と顔を合わせ、スコットがしょっちゅう出張で家を空けるとこぼしたことがあった。彼はいつも同情してくれた。結婚生活がうまくいっていないと彼が思ったとしたら、責任はわたしにある。でも彼はわたしに恋愛感情を抱いていると思わせるようなそぶりを見せたことはない。気を引くようなことを言ったこともなければ、好色なまなざしを向けたこともなかった。わたしに対して不作法な行為に及んだことも。

「ありえない」サラはかぶりを振り、きっぱりと言った。「誰かほかの人よ。たぶんフィルに恋をしている女性が嫉妬し、わたしたちのあとをつけてきたんだわ」

「それで？　彼女はぼくの電話番号を知っていたのか？」

「仕事を持っている人なら、あなたの仕事用の電話番号を知るのは難しいことじゃない。ファイルの中にあったんでしょうね」

「それはこじつけだ、サラ。もちろん、ほかの説明もできる」

「どんな？」

「きみが本当に同僚と関係を持っている、という説明だ」

　スコットがいまも疑っていると知り、サラは殴られたような衝撃を受けた。目を閉じ、首を左右に振る。

「浮気は退屈になった配偶者とのセックスに

新たな刺激をもたらす、ということはよく知られている」彼は非情にも続けた。「そして先週の金曜日のきみは、まったく違った女性だった。そして今日も。ぼくが出会って結婚したバージンはあんなふうに振る舞ったことはなかった」

サラは大きく目を見開いた。怒りがふつふつと湧き起こる。「本当にそんなふうに思っているなら、気の毒な人ね」

「では、どう説明する？」

「本当のことが知りたいの？」

「ぼくが知りたいのは真実だ」

「あなたがクリーオと関係を持っていると教えられたとき、わたしは信じたくなかった。でも、すっかりうろたえてしまった。私立探偵の報告書を待っているあいだ、あなたはベッドでのわたしに飽きたのだろうかと考えはじめたの。わたしがバージンだから結婚したのかもしれないって」サラは彼が同意できる前に続けた。「ともかく、あなたが不倫をしていないとわかったとき、心底ほっとして、吐いてしまった」

「そんな、サラ……」

「ええ、わかっている。なのに、わたしが浮気をしていると思って帰ってきたあなたは、際限なくわたしを略奪し、男と女はまったく違った生き物であることを証明した」

先週の金曜日の自分の行為を思い返し、ス

コットは顔をしかめた。「後悔しているよ」

「本当に？　あまり後悔しているようには見えない。あなたはいまもわたしが浮気をしたと信じているのに、このとおりよ！　またもわたしを見境なく奪った。頭がおかしいわ」

サラは言葉を切り、沈黙の中で言葉の重さを噛《か》み締《し》めた。スコットとの距離を広げ、考えをまとめて、次にどうするかを決める時間が必要だった。

「わたしは出ていくわ、スコット。止めないで」

彼は体を起こし、背筋を伸ばして、いぶかしげにサラを見た。「永遠にぼくのもとから去っていくつもりか？」

「まだわからない。様子を見るしかないわ」

「どういう意味だ？」

「しばらくあなたから離れる必要があるの、スコット。これからどうするかじっくり考え、正しい答えを出す時間が必要なの」

「きみに去ってほしくない」スコットはうめくように言った。「ぼくがしたことは謝る。結論に飛びついてしまい、悪かった。そしてあんなふうに振る舞ったぼくは、愚かにもほどがある。本当にすまない。だが、もうこの件は解決した。だからきみが出ていく必要はない。ぼくたちはいまも愛し合っている。そうだろう？」

「いいえ」彼の謝罪を受け入れ、ここにとどまっていたいという誘惑に、サラは必死に抵抗した。「スコット、わたしたちは互いのことをわかっていない。いまはそれがわかる。わたしたちはあまりにも早く結婚してしまった。二人のあいだにあるのは欲望だけ。それだけでは充分ではないの。本当に欲しいのは、わたしを心から愛し、無条件でわたしを信頼してくれる夫なの」

「きみは期待しすぎだ」

「かもしれない。でも不満を抱えながら受け入れたりはしない」母は受け入れていた。それでどうなった？　四十五歳で死んだ。

「きみはぼくを無条件に信頼しなかった」スコットは厳しい口調で責めた。「一時的にせよ、ぼくがクリーオと関係を持っていると信じた」

後ろめたさにサラは顔を赤らめた。「それなら、わたしも同じように悪いわね。とても幸せな結婚とは言えない」あるいは、よい両親になれるとは言えない。サラは悲しい思いに襲われた。もちろん赤ちゃんはできていないかもしれない。だがサラは案じていた。

サラは憂鬱な思いで立ち上がると、あらん限りの勇気を集めて夫と向き合った。

「これから荷物をまとめるわ、スコット。お願いだから、止めないで」

彼の上唇が嘲るようにゆがんだ。「止めてどうなる？　きみはもう出ていくと決めている。誓いを捨てて。きみにとって誓いはこれほど意味のないものだったのか?」

彼の辛辣な言葉がサラの胸に突き刺さった。彼女は誓いの言葉を本気で言った。けれど、二人が信頼し合っていなければ、どうして一緒に暮らせるだろう? サラは鋭いまなざしを彼に向けた。「いまのは聞かなかったことにするわ」きっぱりと言う。「でも、こんなふうに口論を続ける限り、とうてい和解は望めないわね」

「きみがあの男と同じ法律事務所で仕事を続けるなら、ぼくも同じように感じる」

サラは彼の言葉に茫然《ぼうぜん》となった。「わたしに仕事を辞めるよう強要するなんてできないでしょう?」

「ぼくにきみを取り返してほしいのなら、辞めるべきだろうな」

彼の言葉にサラは足を止め、夫の救いようのない傲慢さに声をあげて笑った。「あなたがわたしを取り返すですって? 自分が何を言っているかわかっているの、スコット? わたしがあなたを取り返すかどうかは、わたしが決めるのよ。そしていまのところ、わたしの答えは絶対にノーね」

心が砕けようとかまわない。サラは顎を上げ、挑戦するようなまなざしを彼に向けた。「しばらくはコーリーのところにいるつもりよ」声はわずかに震えただけだった。「どうするか決めたら、知らせるわ」弁護士口調になり、サラは自己嫌悪に陥ったものの、泣きださないためにはそうするほかなかった。

サラがアパートメントを出ていく際、スコットは止めようとはしなかった。我ながらひどいことを言ったと思う。野蛮人さながらの振る舞いに、彼は自分を蹴飛ばしたくなった。あのような傲慢な脅しに彼女が屈するはずはないとわかっているのに！

突然、スコットは脱力感に襲われた。彼は不実な妻に出ていってほしかった。そして、そのとおりになった。なのに、どうして人生最大の間違いを犯したように感じるんだ？

5

三十分後、スコットはサラがどれくらいのものを持ち出したのか調べに行った。ほとんどの衣類が消えていることに気づき、気持ちが沈んだ。裾の長い夜会服が数着残っているだけだ。彼は手で髪を梳《す》きながら毒づいた。こんなことが起こるわけがない。ぼくたちは幸せだった。ぼくはサラを愛している。彼女がなんと言おうと、彼女もまだぼくを愛している。何もかもとんでもない悪夢としか思えない。

サラが本当に去っていったのだと思うと、肺から苦しそうなうめき声がもれた。離婚について話すことと、離婚の現実に直面することとはまったく別物だった。

ああ、それにしても彼女のいない部屋はなんとむなしく、がらんとしていることか。スコットは寝室の中を歩きながら絶望的な思いに駆られた。キングサイズのベッドの足元で立ち止まり、しわくちゃのキルトと彼女が横たわっていたへこみをじっと見る。ほんの一時間前、二人がすさまじい情熱で愛し合ったことが嘘《うそ》のようだ。

二人は愛し合ってはいない、単なる欲望にすぎない、とサラは言った。だがスコットはそうは思わなかった。これまでの人生で何度も女性に欲望を抱いてきたが、サラに対して感じているものは欲望以上のものだった。初めてサラを目にした瞬間から彼女を愛していた。取りつかれたように彼女を愛し、なんとしても欲しいと思った。

「絶対にサラを取り返してやる！」彼は声に出して誓うと、〝思考の部屋〟と呼んでいる場所に向かった。書斎ではない。ジムだ。

この一年のあいだ、仕事上の問題が持ち上がるたび、スコットはここに来てエアロバイクに乗り、ペダルを踏んだ。あまり速くはない。ちょうどいい一定のリズムで踏みながら、外の景色をぼんやりと眺め、問題の分析に集中した。たいていの場合、しばらくすると名案を思いついた。

しかし今回、スコットはそれほど楽観してはいなかった。金曜日の自分の行為が常軌を逸していたことをようやく受け入れた。サラに対する振る舞いはとても感心できたものではなかったと。怒りと男のエゴに負けてしまったのだ。彼女が猛烈に怒ったのも当然だった。今回ばかりは本当に取り返しのつかないことをしてしまった。

すぐにサラの許しを得ることができる可能性は低く、ニッケルの精錬所を続けられる可能性と同じくらいだろう。だが何かしなければ、気が変になりそうだった。ジム用の服に着替え、エアロバイクを漕《こ》ぎはじめた。感情と闘いながらも、やがて彼の足は活発に動きはじめた。

サラを愛しているとスコットはわかっていたが、彼女にひどくいらだってもいた。この悪夢を何から何まで仕組んだのはあのフィリップ・レイトンだと、どうしてサラにはわからないんだ？

確かにレイトンは賢い悪人であり、サラを取り戻すというスコットの目標にとってはいまも大きなリスクだった。サラがこのままレイトンと一緒に仕事を続ければ、彼女の心はいっそうゆがめられる恐れがある。あるいはレイトンはほかにも腹黒い企てを考えつくかもしれない。

だが、仕事を辞めるようサラを説得できないと気づき、スコットは絶望のあまりうめいた。サラは攻撃されてへたばるような女性ではない。彼女は法廷弁護士なのだから。しかし問題はレイトンだけではない。二人の結婚生活における驚くべき信頼の欠如についても取り組む必要がある。

この隙をレイトンが利用していると思うと、スコットはひどくいらだった。彼は毎日、勤め先で妻のまわりをうろつき、巧妙に彼女の愛情を獲得しようとするかもしれない。サラとの結婚生活を救うには、レイトンと一対一で話をしないといけない……。

スコットは顔をしかめ、時計を見上げた。午後四時二十分。彼はエアロバイクから飛び降りるなり、ズボンのポケットから携帯電話を取り出した。

「ゴールドスタインズ＆エヴァンズ法律事務所です」すぐに女性の受付係が出た。「どういうご用件でしょう？」

「こんにちは。ぼくはマカリスター、スコット・マカリスターだ。今日の午後、ミスター・レイトンに会いたいのだが」

「以前にミスター・レイトンに会われたことはありますか、ミスター・マカリスター？　依頼人の方ですか？」

ぼくの名前を知らないらしい。レイトンの私立探偵はぼくのことを著名人と呼んだというが、この程度のものなのだ。「いや。会ったことはない」

「ミスター・レイトンは今日の午後は会議が入っています。今週中に会えるように予約を入れておくことはできます。いかがいたしますか」

スコットは苦笑した。会議という陳腐な言い訳で追い払われるつもりはない。「それは困る。今日レイトンに会う必要があるんだ。急いでいる。ぼくの名前を伝えれば、彼はきっと会う」

「ミスター・レイトンに急ぎお会いになりたい理由をお尋ねしてもよろしいですか？」

「いや。個人的なことだ」

「個人的な……」

「そうだ。五時半に会いに行くと彼に伝えてくれ」スコットは電話を切った。

彼は急いでシャワーを浴び、きれいな白いシャツと新品の黒いスーツ、細く赤いネクタイを身につけた。サラと結婚してから、彼のたんすの中身は一新された。政治家や裕福な同業者と真剣につき合いたければ、彼らと同類に見えるようにしないといけない、とサラは言った。彼は言われたとおりにした。

それに、これから会う男性に対して引け目を感じたくなかった。写真に写っていた弁護士は申し分のない身なりをしていて、とても品があった。スコットは自分が上品に見えないことは自覚している。あまりにも背が高く、肩幅も広すぎた。だが、堂々として見え、威圧感があり、大金持ちにも見えた。それこそ彼が目指していることだった。

最後に化粧鏡で身なりを確認した彼は、ほぼ満足した。決してハンサムではないが、見苦しくはなかった。彼の顔は左右対称で、鼻筋はまっすぐ伸び、父親と同じ淡い灰色の目はおそらくセクシーに見えるはずだ。茶色の髪は多いうえに、なかなか思いどおりにならないので、短くしていた。

スコットは髪に手早く櫛《くし》を通した。髭《ひげ》を剃《そ》っていなくてよかった。黒い無精髭の生えた顔はいっそう精悍《せいかん》に見えた。そして最後に大事なロレックスの腕時計をはめた。めったにつけることのないこの時計は、父が二十年前に金鉱を発見したときに買ったものだ。残念ながら、その鉱山はすぐ掘り尽くされた。父が見つけた鉱脈はたいていそうだった。

スコットは大きく息を吸い、財布とキーを取り、見くびったりしないと誓った敵との戦いに勇んで出かけた。もし相手を見くびれば、たちまち失敗するのは目に見えている。レイトンと対決するのは危険だが、何もしないほうがもっと危険だ。いまサラは気が動転しているので、レイトンのような男の影響を受けやすくなっている。

　彼がオフィスに入っていくと、レイトンの秘書が顔を上げた。さっと彼を見た濃い茶色の目に好奇の色が浮かぶ。秘書はサラを知っているのだろうか？　ぼくがサラの夫だとわかっているのか？

「ミスター・マカリスターですね」秘書はほほ笑みながら立ち上がった。

「そうだ」スコットは応え、笑みを返した。

「到着されたら、すぐにお通しするようにと、ミスター・レイトンから申しつかっております」

　彼から？　敵のオフィスに通されながら、スコットはうんざりした。

　実物のレイトンは写真で見るよりもっとハンサムだった。ハンサムで、温厚そうで、自信に満ちていた。彼は輝かんばかりの笑みを浮かべながらスコットに近づき、握手の手を差し出した。最初、スコットはそれを無視し、食ってかかろうかと思った。しかし賢明なやり方とは言えない。この見下げ果てた男の罠《わな》にはまるのではなく、裏をかかないといけない。きっと罠が仕掛けられているはずだ。そこでスコットは彼の手を取り、優雅な手を握りつぶしたいという誘惑に耐えた。

「お会いできて光栄です、スコット」レイトンは言った。穏やかな人柄を装い、握手をしている手にもう一方の手を重ねる。政治家がよくやるパフォーマンスだ。「あなたのことはサラからよく聞いています」

「本当に？　あなたのことは聞いたことがない」自制心がわずかに損なわれ、スコットは手を引っこめた。

しくじった、とスコットはすぐに気づいた。レイトンは訪問者の態度に当惑したように眉を上げた。

「そうですか」スコットがなぜ離婚を専門に扱う弁護士に緊急の面会を望んだのか合点がいったというように、レイトンは鷹揚《おうよう》に言った。「わたしに専門家としての助力を求めていらっしゃったのかな？」

だといいが、とスコットは噛《か》みつかんばかりになったが、ぎりぎりのところで口をつぐんだ。「実のところ、違うんだ」そう告げることに、彼は喜びを感じた。「ぼくがここに来た理由はまったく違う」写真の一枚を画面に表示してある携帯電話をレイトンに差し出した。「先週の金曜日の午後に送られてきた写真について説明を聞きたくてやってきた」

レイトンは写真を見てから、ショックを受けたような顔をスコットに向けた。「サラはこの写真を見たのですか？」

「もちろん」

「彼女はなんと言いました？」

スコットはサラがした説明について話して聞かせた。次の日の朝ではなく、金曜日に写真を見せたようにレイトンには思わせた。

「それであなたは彼女を信じたのですか？」レイトンは驚いたように言った。

「もちろんだ」スコットは嘘をついた痛みを無視し、言い返した。「サラは決してぼくに嘘をつかない」

「そうでしょうとも」口先のうまい男はにやにやしながら言った。「サラがそう言ったのなら、そういうことなのでしょう」

スコットはこれ以上はないほど無表情を装った。「写真を送ったのはあなただ」感情を抑えた静かな口調は、はらわたが煮えくり返っていることを考えると、褒めてもよかった。敵に絶対に弱みを見せてはいけないとスコットはわかっていた。そして、激怒することは人を弱く見せる。

レイトンは思いがけないスコットの非難に不意を突かれたようだった。「どうしてわたしがそんなことをするんです？」

「理由は明白だ」スコットは穏やかに言い返した。「あなたはぼくの妻が欲しいから、どんなことをしても手に入れるつもりでいる。彼女を罠にかけ、あなたと関係を持っているように見せかけてでも」

レイトンはおかしそうに笑った。「わたしなら、弁護士の面前で言うことには気をつけますね。いまのは明白な名誉毀損です」

ああ、そうだった、彼は賢い男だ。だがス

コットは準備ができていた。「ぼくを脅したりするな」冷ややかに言い返す。「四十八時間あれば、あなたについて知るべきことはすべてわかる。外聞の悪い事柄も含めて」

突然、レイトンは自信たっぷりにも、ハンサムにも見えなくなった。頬がふくらみ、しきりにまばたきをしたかと思うと、いっそう目が暗くなった。「わたしは……恥ずべきことは何もしていない」彼は怒鳴った。それから自分を取り戻して咳払《せきばら》いをし、ネクタイをまっすぐに直してから続けた。「きみは粗野なごろつきにすぎない、マカリスター。きみがいないほうがサラは幸せになる。きみはあの写真とちょっとしたメールを受け取ったとき、ぼくが計画を立てたとは思っていなかっただろう? きみはサラをまったく信じていなかった。きみは急いで帰宅し、サラにひどいことをした。だから今日、彼女は欠勤した。目のまわりに青あざでもできているんだろう。あるいはもっとひどいことになっているかもしれないな」

「ぼくはサラを殴ったりはしない」スコットは平静を装いながらも、怒りのあまり危うく彼を殴りそうになった。だが、レイトンの言葉は当たらずとも遠からずだ。最初、スコットはサラを信じなかった。その罪を償うためには必死に頑張らなければいけないとわかっていた。一方、人を巧妙に操るこの男は逃げようとしなかった。だがレイトンは、ついいましがたミスを犯した。

「写真についていたメールのことをなぜ知っているんだ？」スコットは追及した。「ぼくはここに来る前にメールを削除した」

レイトンはただ笑みを浮かべた。「メールってなんだ？ メールのことなど何も知らない。この話し合いは終わりだ」

彼の傲慢な物言いはスコットをひどくいらだたせた。

「ほかに何か言うことがあれば別だが」

スコットは笑い、なんとか自制して言った。

「妻に近寄るな」

またレイトンはにやりとした。「それはサラしだいだと思わないか？ それとも将来、彼女が誰を友だちに選ぶか、きみが指図するつもりか？ 妻に威張りちらす夫たちがよく使う手だな」

「命はないと思え」浅はかな言葉が口をついて出た。スコットは自分の愚かさに腹を立て、くるりと向きを変えてドアへと歩いた。

乱暴にドアを閉め、驚いているブルネットの女性の前を大股で通り過ぎていく。レイトンの目に恐怖が浮かんだのを見ても、腰抜けが足をがくがくさせて椅子に座りこんだのを見ても、スコットの気持ちは少しも晴れなかった。

6

「つまり、こういうことなんだね」コーリーは二階のキッチンにある朝食用のカウンターに中華料理を並べた。「きみがシャワーから出ると、スコットがそこにいて、仲直りのすばらしいセックスをした。そして、きみが先週の金曜日に本当に起こったことを彼に話し、ようやく彼もきみを信じた。にもかかわらず、まったく解決にはつながらなかった……。ぼくはちゃんと理解しているか？」

「仲直りのセックスなんかではなかった」サラは憤然として言い返した。「ただのセックスよ」

「そうだ」コーリーはゆっくりと言い、かぶりを振った。「きみらしくないな」

「そうね」サラはいまにも泣きだしそうだった。「いったいわたしはどうしてしまったのかしら。先週の金曜の夜以来、わたしが考えることといったら、あのろくでなしとベッドをともにすることだけ」

コーリーは眉を上げた。「本当か？　すごいな。で、きみの問題はなんだ？　どうして家でブルータスとベッドで過ごす代わりにここにいるんだ？」

　サラは顔をしかめた。「わかっていないのね、コーリー。わたしがスコットと結婚したのは、彼を愛していたし、彼もわたしを愛していると思っていたからよ。いまは彼がわたしを愛していたのかどうかわからない」

「ばかばかしい。彼はいつもきみに夢中だった」

「だからといって、それが愛情だとは限らない。彼が本当にわたしを愛していたら、わたしを信頼したはず。それにもっとわたしに敬意を払ったはずよ。先週の金曜日にはそのどちらも見られなかった」

「冗談だろう、サラ。無茶を言うなよ。そのとき彼は嫉妬で怒り狂っていたんだ。きみは弁護士だ。一時的な狂気について詳しいだろう。かわいそうなやつのことを少しはわかってやれよ」

「いまはブルータスではなく、〝かわいそうなやつ〟なのね？　男ってすぐに結託するんだから」

　コーリーはおどけた顔を見せた。「ただ彼の立場に立って考えようとしただけだ。とにかく、冷めてしまう前に食べよう。このワインはどうかな？」

　サラは無意識のうちにグラスを口に運んだ。けれどすぐさま、妊娠しているかもしれないことを思い出し、顔をしかめてグラスを置いた。

「どうした、サラ？」即座にコーリーはきいた。「腐ってるのか？」グラスを取り、ひと口する。「いや、すばらしいワインだ」

サラはうめきそうになるのをこらえた。妊娠の件はコーリーに話したくなかったが、頭のいい彼に隠し事はできない。「もうアルコールは飲めないの」しぶしぶ口を開く。「妊娠していないとわかるまでは」

彼は目を丸くした。「ピルをのんでいるんじゃないのか」

「最近、のみ忘れていたの」サラは打ち明け、大きなため息をついた。「前にも言ったように、いまのわたしは本来のわたしではないの。頭が完全に混乱している」

コーリーは顔をしかめた。「ピルをのみ忘れたことをスコットに言っていないんじゃないのか？」

「あなた、頭がおかしいの？」サラは身震いした。「言うわけないでしょう。絶対に言わない」

「なぜだ？　妊娠の可能性がきみたちの問題をすべて解決するかもしれないのに」

サラの口からうんざりしたようなため息がもれた。「また男性の立場で話している。子供ができたって、わたしとスコットのあいだに横たわる問題は解決しない。むしろ複雑になるでしょうね。最近では、妊娠しても、結婚する必要はないし、夫婦を続ける必要もない」

　コーリーは驚いたような顔をした。「本気でスコットとの離婚を考えているのか？」彼との離婚を考えるだけで、サラは吐き気がした。「そうは……言っていない」言葉を濁す。「でもしばらく結婚生活から離れ、じっくり考える必要があるの」スコットのそばにいると、まともに考えることができないのは確かだ。

「まあ、それも悪くはないかもしれない」コーリーは考えこむような口調で言った。「離れると思いが募るっていうからね。さあ、食べて、サラ。二人分食べればいいよ」

　サラは物思いにふけりながら食べた。

　赤ん坊……。サラは思いを巡らせた。本当に生きている赤ん坊。スコットと家族を始めたいといつも思っていたが、こんなふうにではない。だったら、どうして今日すぐにアフターピルを買いに行かなかったの？　どうしてここに帰ってきて、救いがたい愚か者のように泣きじゃくったの？

いまとなっては何をしても遅すぎるから。最後にピルをのんだのはいつだったかも覚えていない。なんて向こう見ずだったのだろう。自分の人生をめちゃくちゃにしてしまった。

「好きなだけここにいてくれていいんだよ」

　食事がすみ、二人で一緒に片づけをすませたとき、コーリーが言った。

「リフォームを始めるのが遅れているので、しばらくはこのままの状態だから」

「本当にありがとう」サラはカウンターをまわって親友を抱き締めた。「あなたは最高の友だちよ」

「そのとおり」コーリーは笑って言ったが、玄関のベルが鳴ると同時に、顔から笑みが消えた。「フェリックスが許しを乞いに来たのなら、その見込みはまったくないな」

サラは声をあげて笑った。「いつも最後には許してしまうでしょう」

「それはぼくが天秤座《てんびんざ》だからだ」彼は熱を込めて言い、階段へと向かった。「きみのように蠍座《さそりざ》だとよかったのに。そうすれば、一杯やらないかと彼を誘い、ポイズンリングから彼のグラスに毒にんじんを入れて、飲ませてやる」

スコットはコーリーの家の玄関ドアの前でサラの笑い声を聞き、苦々しく思った。彼女はぼくと別れても悲嘆に暮れてはいないのだ。やはり、彼女がバージンを長く守っていたのは、金持ちの夫をつかまえるためだったのかもしれない。いまごろは離婚裁判所でぼくからとことん奪い尽くす計画を立てているかも。

おまえは疑《うたぐ》り深《ぶか》いやきもち焼きのような考えをやめ、さっさとここに来た目的に取りかかるんだ。心の声がスコットを戒めた。そう、ぼくは愛する女性をなんとしても取り戻さなければならない。

「スコット！」ドアを開けるなりコーリーは大きな声を出した。「フェリックスじゃなかった」二階に向かって叫ぶ。「スコットだ」

　それからコーリーはスコットに向き直った。

「さあ、入って。サラとぼくはたったいま夕食を終えたところだ。残念ながら料理は残っていないが、ワインならある」

「サラと話をしに来ただけだ」スコットはよそよそしい口調で言った。コーリーが何をおもしろがっているのかわからなかった。

「彼女は二階のキッチンにいる。二人になりたいだろう。ぼくはしばらく近所のパブに行っているよ」コーリーは壁のコート掛けからジャケットを取り、出ていった。

　スコットが急な階段を上がっていくと、サラが階段の上に現れた。腕組みをしている。とうていうれしそうには見えなかった。

「連絡しないように言ったと思うけれど」サラははっきりと言った。「準備ができしだい、こちらから連絡すると言ったでしょう」

　怒りはサラに似合っている、とスコットは思った。彼女の目は輝き、顔は赤らんでいる。今日の午後、ぼくが彼女の中に入っているときも、こんなふうに見えた。癇癪《かんしゃく》を起こしているサラは、ぼくの中の原始の感性を呼び覚ます。

サラの敵意を無視して腕に抱きたいという衝動は強烈だった。彼女が夫と戦い、殴りかかってくるという考えが、スコットは好きだった。ぼくは喜んで殴られるだろう。殴られ、そして興奮する。最後には彼女がぼくに身をゆだねるのは間違いない。しかしそのあとはどうなる？　ここに来たのは彼女を略奪するためではなく、説得するためだ。

スコットはズボンのポケットに両手を突っこみ、興奮している股間を無視して、落ち着き払った態度をとろうと努めた。「さっきレイトンのところに立ち寄ったが、何が起こったかきみも知りたいだろうと思ってね」みごとなほど穏やかな口調で言う。

サラは鋭く息を吸い、両の腕を脇に下ろした。「まさか！」

彼女は大きな声を出したが、怒ったのか、わくわくしたのか、スコットにはわからなかった。「何を期待していたんだ、サラ？　ぼくたちの結婚生活にちょっかいを出した男にぼくが立ち向かわないとでも思ったのか？」

「なんて……フィルはなんて言った？」

スコットの顎がこわばった。「階段の途中に立ったままこの会話を続けるつもりはない。きみが下りるか、ぼくが上がるかだ」

「わたしが下りるわ」サラは答えたあとで、言わなければよかったと悔やんだ。ぐしゃぐしゃになったコーリーの居間でスコットと並んで座るより、朝食用のカウンターで向き合って座るほうがずっと安全だ。けれど、すでにスコットは向きを変え、音をたてて木造の階段を下りていた。

彼のあとから居心地がいいとは言いがたい部屋に入ると、すでに壁の照明が二つついていたが、サラは天井の照明のスイッチも入れた。いまはロマンチックな雰囲気に流されることだけは避けたい。すばらしい黒のスーツを着たスコットを目にするだけで、よだれが出そうだ。彼が仕事で人と会う際にもっと洗練された印象を相手に与えてほしいと思い、サラが選んだ特別のスーツだった。セクシーに見えるように、ということは頭になかった。なのに、今夜の彼はセクシーなだけではなく、危険にさえ見えた。

スコットが栗色《くりいろ》のベルベットのソファの真ん中に座るのを見て、サラは近くの肘掛け椅子を選び、その端に腰を下ろした。ジーンズの上から腿を両手でつかみ、喉をごくりと鳴らして身を乗り出す。

「彼はなんて言ったの？」不安と同時に好奇心に突き動かされて、サラは改めて尋ねた。

「彼はきみの言ったことを繰り返した」スコットは彼女をじっと見つめて答えた。

サラはほっとし、凝らしていた息を吐き出した。「当然だわ。本当のことだもの。彼に写真を見せたの？」

「ああ」

「ショックを受けたでしょうね」

「さほどのショックはなかったようだ」スコットはそっけなく応じた。「それに彼は写真と一緒に送られたメールのことも口にした。メールはぼくが削除しておいたのに」

「どういうこと……わからない……」

スコットの顔に怒りが浮かんだ。「何が理解できないんだ、サラ？　明々白々じゃないか。レイトンがきみをはめたんだ。そしてあの写真を誰かに撮らせる準備をした。写真を送ってきたのは彼だ、メールと一緒に」

「信じられない」サラは言った。

「信じるんだ、紛れもない事実なのだから」

「でも、どうして……」

「レイトンは野心的なろくでなしだ。彼は次のステップとして政治家への転身を図ろうとしている。成功するためにはふさわしい妻が必要だが、きみはあらゆる点で条件を満たしている。容貌も物腰も知性も備わっている。まれに見るすばらしい女性だ」

サラは彼のお世辞を無視し、問題の核心に意識を集中した。「あなたの言ったことを彼がしたとすれば、あまりにも悪質だわ」

「だが、うまくいき、きみはぼくのもとから去った」

「あなたがわたしを信頼していたら、失敗に終わったはずよ」

　スコットは大きなため息をついた。「わかっている。だが、ぼくにとってどれほどひどい状況に見えたか、理解できるだろう？　男なら誰でも心配する」

「心配、ね。ええ。でも、あなたが金曜日にしたことの言い訳にはならない。あなたは帰宅したときすぐに写真を見せるべきだった」

　スコットはうめき声を抑えた。「また同じ話を繰り返さないといけないのか？　いいかい、ぼくは悪かったと思っている。すまなかった。ぼくが間違っていた。とにかく帰ってきてくれ。ぼくたちはきっと今回の災厄を乗り越えることができる。ぼくたちはまだ愛し合っている。きみだってわかっているはずだ。今日起こったことを考えれば」

　どうして忘れることができるだろう。スコットを見るだけで、恍惚《こうこつ》となった一瞬一瞬を思い出す。いまも体の奥深くでクライマックスの余韻を感じることができる。サラは自分を責め立てるさまざまな感情と闘った。自尊心も常識も捨て、イエスとだけ言おうという誘惑はあまりに強かった。ええ、家に帰って何も起こらなかったかのように結婚生活を続けるのよ。

　だが、サラにはできなかった。それこそ母がしたことだ。許しがたいことを許し続け、父が戻るのを許した。なぜ母がそんなことをしたのかわかる気がした。性的な欲望と満足感にあらがえなかったのだ。けれど、わたしは母とは違う。結婚生活は欲望の上にだけ築かれるものではない。続けていくには愛情が必要だ。絶対に。

「無理よ、スコット」サラは言った。「いまはまだ戻る準備ができていない」

「いつできる？」彼は穏やかに尋ねた。

「そもそも準備ができるようになるかどうかも、よくわからない」

ぞっとしたようなスコットの顔を見て、サラは驚いた。彼は動揺したようだ。

「本気ではないだろう？　きみはもう一度ぼくにチャンスを与えなければいけない」

サラは強い意志を持ち続けようと心に決めた。「しないといけないことなど、わたしにはないわ。いまはあなたから離れている時間が必要なの」

スコットは深々とため息をつき、手で髪を梳《す》いた。「いいだろう。どれくらい必要なんだ？」

どれくらい？　たぶん妊娠したかどうかわかれば、結論を出せるだろう。もし子供ができていれば、二人の関係を修復する努力をするべきだ。

「二週間」二週後には確実にわかる。

スコットは再びショックを受けたようだった。「二週間？　ずいぶん長いんだな」

「そうでもないわ」

「そのあいだ仕事に戻るつもりか？」

「もちろんよ。明日にでも戻るわ」そしてフィルに会うつもりだ。スコットの話を聞いて、写真はフィルの仕業だろうとサラも思った。それでも本人の口から話を聞きたかった。

「こんなふうにきみをはめた人間とどうして一緒に仕事ができるんだ？」

「彼と一緒に仕事をするわけではないわ」サラは言った。「フィルとは同じ法律事務所で働いているというだけよ。会いたくなければ、会う必要はないの」

「だが、きみは会いたいんだろう？　朝いちばんに彼に会いに行くに決まっている」

　サラは身を硬くした。背筋を伸ばし、顎を上げる。「あなたと同じようにわたしにも彼と直接向き合う権利があると思う。今回の出来事を彼に釈明する機会をあげる権利が」

「後悔するようなひどいことを言う前に、ここから出ていかないといけないな」スコットはソファから立ち上がった。「二週間だったな？　わかった、受け入れよう。だがそのあとで、ぼくはこの結婚に決着をつける」

　スコットの言葉にサラは心底ショックを受けた。自分が望む限り、彼はいつでもそばにいると思っていたのだ。

　サラも立ち上がり、ひどく落胆した様子の夫と向き合った。「スコット、わたしは……わたしは……」何を言っていいかわからなかった。恨みがましい目でこちらを見ている彼がただ憎かった。

「何も言わなくていい、サラ。よくわかった。きみがぼくから離れたがっていることは理解できる。ひどいことをした。けれど、そのことはもう謝った。ぼくが理解に苦しむのは、きみがどうしてこの問題を引き起こした張本人とつき合い続けるのかということだ。きみはぼくに信頼してほしいと言うが、レイトンと関わらないでくれというぼくの願いは聞いてくれない。きみはぼくのことを愛していなかったのではないかと疑いはじめている。たぶんこれはきみがずっと望んでいたことなのだろう。手頃なときに離婚し、一生遊んで暮らせるだけの金をせしめることが」

「違うわ！」サラはショックを受けた。スコットは知らないが、サラは彼のお金など必要なかった。母親からかなりの財産を相続していたからだ。さもなければ、母の葬儀のあと、二年も世界旅行などできるわけがない。

　もちろん、彼は知らない。話していなかった。母の遺産はサラの秘密の貯蓄であり、結婚がうまくいかないときの保証だった。

　そしていま、わたしたちの結婚は危機に瀕《ひん》している。「あなたのお金なんかいらない」サラは言い返した。

「じゃあ、何が欲しいんだ？」

「わたしを愛し、信頼してくれる夫よ！　ほら、わたしたちはいつまでも同じことを言い合っている。二週間後にあなたに電話するわ。それから話し合いましょう」

　スコットは毒づき、彼女に向かってかぶりを振って、落胆したような笑い声をあげた。

「ぼくにはきみと離れている時間など必要ない。きみに帰ってきてほしい。ぼくのベッドに、この腕に帰ってきてほしい」

　サラは彼の情熱的な言葉に反応する自分の体を嫌悪した。彼女も彼の腕に帰りたかったが、それは正しいことではないとわかっていた。いま帰ったらスコットはわたしのことを弱い女だと思うだろう。彼との関わりで言えば、これまでわたしはずっと弱かった。スコットが望むことならなんでも受け入れてきた。彼が仕事で家を空ける日が続いても、大騒ぎしたりしなかった。前回のように、彼がゴールドコーストのホテルに行くだけのときでも、一緒に連れていってとせがんだりしなかった。クリーオを同伴したことにも気にしていないふりをした。でも、わたしは間違っていた。怒りを率直に表し、何か言うべきだったのだ。

　もう従順で人当たりのいい妻を演じるのはやめよう。自分の立場をはっきりさせるときだ。

「ごめんなさい、スコット」サラはしっかりした口調で言った。「でも、そうはならない。わたしにはわずかな時間を求める権利があると思うの。わたしの希望を尊重して。二週間後には必ず連絡するから」

スコットはこんなことが自分の身に起こるとは信じられないとばかりにサラを見つめた。しかし驚きの表情はすぐに暗い怒りに変わった。彼は勢いよく家を飛び出し、玄関のドアを乱暴に閉めた。

茫然《ぼうぜん》としたサラはよろよろとソファへと歩き、座りこんだ。体からすべての力が抜けてしまった気がした。もし妊娠していて、そのことを話したら、スコットはなんと言うだろう？　サラは身震いした。

ああ、神さま。サラは祈るような気持ちだった。いまは赤ん坊の問題ではなく、まず結婚生活の問題を解決しなければならない。スコットと距離をおくことが肝心だ。

玄関のドアが開け閉めされるなり、ソファにもたれていた背中がこわばった。スコットではなく、コーリーだった。

「頭がおかしくなったようにわめきながらスコットが歩いていった」コーリーは彼女の隣に座った。「きみの顔から察するに、何も解決できなかったようだな」

「ああ、コーリー」サラは悲しげに叫び、わっと泣き出した。

7

スコットは猛スピードで車を走らせていたが、赤信号にぶつかり、止まるしかなかった。両手をハンドルにたたきつける。サラよりも自分に対する怒りで、平常心を失っていた。

それにしても、サラはひどく扱いにくくなっている。あのげす男と彼女が同じ職場で働くことをぼくがどう感じるか、想像できないのか？

いまだに、問題は解決できていない。これまでも交渉が得意だったわけではないし、人を操ったり、できないとわかっていることを約束したりするのは嫌いだ。だが、それをするのが実業家というものじゃないか？　ぼくは炭鉱労働者としての単純な生活のほうがずっと好きだった。鉱山業は決まりきった仕事だ。採掘する価値のある鉱山を持つか持たないかですべてが決まる。

結婚も鉱山業に似ているとスコットは思った。続ける価値のある結婚か、そうでないか、そのどちらかだ。この問題が起こるまでは、サラはすばらしい妻だった。申し分なかった。

彼女が金のために結婚したというぼくの非難は的外れだ。金や宝石に執着する強欲な女は、サラのように無制限のクレジットカードや毎月充分な額の小遣いを渡すという申し出を断ったりしない。ぼくが提供するものはすべて受け取るだろう。だが、彼女は高給を得ているので、自分の服などは自分で払いたいと言い、あくまでも自立を貫いた。

信号が青に変わり、スコットは車を発進させた。スピードは抑え気味に。

サラはぼくの屈辱的な謝罪のほかに何を望んでいるのだろう？　花やダイヤモンドが役に立つなら、すぐに手配する。だがそんなことをすれば、許しや愛情を金で買うことができると思っている世の夫と変わりがない。では、どうすればいい？　話し合うしかない。女性は話をするのが好きだ。だが連絡を禁じられているいま、どうやって話をするんだ？

二週間。とんでもなく長い。結婚してから二週間もサラのいない毎日を過ごしたことはない。一週間もなかった。出張に出かけているときも、毎晩電話をかけ、どんなに彼女を愛しているか、彼女がいなくて寂しいかを話した。スコットはいますぐにでも電話をしたかったが、電話をかけても彼女が出ないことはわかっていた。

二週間……。正気を失ってしまいそうだ。

サラはひと晩じゅう、泣き続けた。翌朝、涙はかれ果て、目は腫れて、また法律事務所に電話をかけ、病気欠勤を申し出た。当然のことながら、今回は診断書を提出しなければならなかった。法律事務所はこうしたことにとても厳しい。それでも出社しなくてもいいと思うとうれしかった。フィルと顔を合わせたくなかった。今回の件に彼が関わっていることを明らかにし、彼のことをどう思っているか、はっきり告げないといけない。それに、仕事を休んで病院に行けば、妊娠テストをいつすればいいか、医師にきくこともできる。

コーリーが地元の診療所の番号を教えてくれたが、予約は午後遅くまで取れなかった。

五時を過ぎて診察室に通されたころには、サラは強い不安とストレスを感じていた。医師のところに行くときはいつもこうだった。けれど、年配の女医はとても優しかった。血圧を測ってからサラの説明に、注意深く耳を傾けてくれた。サラは、いま結婚生活が難しい時期にあり、一時的に夫と別居しているが、妊娠している可能性があると話した。

女医は顔をしかめてサラを見た。「悪く受け取らないでほしいのだけれど、ミセス・マカリスター、あなたが別居しているのは、家庭内暴力や性的虐待のせい？」

「いいえ、とんでもないです！」サラはとっさに否定した。

「ごめんなさい。でも、おききしないといけないのよ。何年ものあいだ、そんな被害にあった女性たちをたくさん診てきたから。だから確認する必要があったの」

「わたしたちの夫婦生活は申し分ありません。わたしたちは……説明するのは難しいわ」

「わかります。ご夫婦で結婚生活のカウンセラーにお会いになっては？」

スコットが同意しないとサラにはわかっていた。「いえ、まだいまは」彼女は曖昧に答えた。「妊娠しているかどうか、確実に判定できるのはいつごろでしょうか？」

「少なくともあと一週間は待つ必要があります。卵子が子宮内膜に着床するまでにしばらくかかり、それがホルモンを分泌することで妊娠検査薬が反応するの。血液検査でもわかるけれど、その必要はないでしょう。次の生理予定日まで待ち、受付で買える妊娠検査キットを使うのがいちばんですね。再診の必要はありません。それまで……」女医はメモ用紙に何か書きつけ、サラに渡した。「このビタミンの錠剤を毎日一錠ずつのむといいわ。葉酸が入っているから。それからお酒は飲まないように。たばこは吸いますか？」

「吸いません」

「いいことね。ところで、今日の診断書は必要かしら？」

「はい、お願いします。昨夜はあまり眠れなくて、今朝は仕事に行けなかったのです」

「ずいぶんストレスがたまっているわ。血圧もとても高いし。一週間は休んだほうがいいでしょう。催眠剤は出しませんが、よく休むことね。テレビを見たり本を読んだりして」

いまはとても本など読めそうにないが、テレビを見るのは大歓迎だった。

そのあとすぐに診断書を書いてくれた女医に、サラは礼を言った。「本当にありがとうございました」

「どういたしまして」女医はにっこりとほほ笑んだ。「おだいじに。何かあれば、いつでも来てちょうだい」

「ドクター・ジェンキンズのところに行ったんだね」

その日の夜、サラは診療所に行ったことをコーリーに話した。

「彼女はすてきだ。ちょっと老けてきたけれど、新しい医療についてもよく知っている」

「彼女のことは好きよ。ところで、今夜は何を食べる?」

「わからない。ピザはどう? 料理をする気分じゃないんだ」

「わたしも。でも、明日の夜はわたしが作るわ」

電話が鳴りだし、サラは着信音ですぐに誰かわかった。鞄《かばん》から携帯電話を取り出すと、案の定、スコットだった。彼の名前を見るだけで呼吸が速くなる。サラの心は電話に出たがったが、頭はノーと言っていた。スコットはわたしの希望を尊重することを学ぶ必要がある。けれど、電話を切ったとたん、後悔と、わずかながらの罪悪感を覚えた。

「スコットからだろう？」コーリーがきいた。

「ええ」

「赤ん坊のことをいつ話すつもりなんだ？」

「はっきりしたことがわかってから」

「きみがこれほど強くなれるとは思わなかった」

「わたしもよ」サラ自身、驚いていた。

「かわいそうなスコット」

「少しもかわいそうじゃないわ」サラは悲しげに言い返した。

「そうだな。それでも、妊娠したことがわかれば、ぼくならあまり長くは黙っていないな。スコットはなんであれ、秘密にされるのを好まないからね」

　サラはコーリーの言葉に驚き、スコットに赤ん坊の話をするところを想像してみた。彼はすばらしい父親になるだろう。とはいえ、二人の結婚生活における最悪の時期に妊娠したという知らせを、はたしてスコットは歓迎するだろうか？　もしかしたら、永遠に終止符を打つかもしれない。一瞬、サラの背中を冷たいものが走り抜けた。だが、答えはそのときが来なければわからない。

8

その週の金曜日、スコットは頭を抱えていた。クリーオも同じだった。

「こんなことを続けているわけにはいきませんよ」クリーオは彼のオフィスに入っていき、特大のマグカップを机の上に置いた。「資金繰りの問題について知恵を絞らないといけないときに、ただコーヒーを飲んでいるだけじゃないですか。すぐに何か手を打たないと、事業がすべてだめになるかもしれないのに」

「事業には興味がない」それが本音であることに我ながらショックを受け、スコットはうめいた。だが、結婚生活の崩壊のほうがずっとショックは大きかった。「関心があるのはサラのことだけだ」

「それなら電話をしてちょうだい、お願いですから！」

「何度もしたよ。だが、彼女は電源を切っている」

「それなら会いに行きなさい。彼女の居場所を知らないわけじゃないでしょう」

「ぼくが行ってなんとかなるなら、とっくに行っている。けれど、きみはこのあいだの夜の彼女を見ていない。ぼくは手ひどく拒絶されたんだ」

「彼女がそれほど腹を立てるなんて、いったい何をしたの？」思いあまってクリーオが尋ねた。

スコットはため息をついた。「写真に関する数えきれないほどの間違いを別にすれば、仕事を辞めるように要求した。それが何もかもだめにした原因だと思う」

「まあ、そんなことを」クリーオはあきれたようにかぶりを振った。「妻に代わって妻のことを決めるのはいい考えではないわ。とりわけ、妻の仕事に関しては。サラはきわめて聡明《そうめい》な女性よ、スコット。自分のことは自分で決める。あなたは急に支配的な夫になったみたい。そんな調子では女性の心をつかむのは無理ね」

スコットはクリーオの辛辣な口ぶりに驚いた。「〝支配的な夫〟にまつわる経験がありそうな言い方だな」

クリーオの目に悲しげな色が浮かび、すぐに消えた。「義理の父のことよ。彼は一緒に暮らして楽しい人ではなかった」彼女は打ち明けた。「所有欲が強く、支配的だった。そのせいで家族は苦しんだわ」

スコットは眉根を寄せた。「けれど、きみがマーティンに会ったときには亡くなっていたんだろう？」

「そうよ。だけど、ドリーンから彼のことをいろいろ聞かされたわ」

「なるほど」クリーオの義理の母、ドリーンは三年前に息子が癌《がん》で死んだあと、クリーオと一緒に住んでいた。二人は互いに相手のことを大切に思い、とても親しいらしい。

愛情と親密さのことを考えると、突然、サラの姿が脳裏に浮かび、スコットはうめき声がもれるのをこらえた。あと十日間も、サラと話すことさえできない。どうやって乗りきればいいんだ？　いまでも毎夜、酒を飲みすぎている。それにジャンクフードをたっぷり腹に詰めこんでいる。もう運動をしようとも思わなくなった。仕事に関しては……興味がないとクリーオに言ったのは嘘《うそ》ではない。本当に興味がないのだ。

問題は、〈マカリスター・マインズ〉に頼っているのは彼だけではないことだった。何千人もの従業員が会社の給料を当てにしている。会社の苦境を放置し続けるのは犯罪に等しい。さまざまな投資のうち、いくつかはうまくやっていけるだろう。長年にわたって相当な額を不動産に投資してきた。しかし、二つの鉱山とニッケルの精錬所はいま、多額の資金を必要としている。

「いつまでも仕事を放っておくことはできない」スコットはため息をついた。「さて、実務に首を突っこまない新しいパートナーをどうやってきみは見つける？　分別やアイデアではなく、ふんだんに資金を持っているパートナーだ」

　調査企画に関わるときの常で、クリーオの顔がぱっと明るくなった。「わたしが見つけたなかで最高のパートナーはバイロン・マドックスね。マドックス・メディア・エンパイアの後継者でひとり息子。二十代のときに重役として父親のもとで働き、仕事の面では数年前にたもとを分かった。いま彼はBMグループという名前の会社を率いていて、株式の上場はしていないけれど、とても順調だという評判です。去年の六月には『ビジネス・レヴュー・ウィークリー』がオーストラリアの金持ちの十一番目に数えあげました。厳密には億万長者ではないけれど、そうなるのも目前だと思う」

　スコットはうなずいた。バイロン・マドックスとは去年の競馬大会で一度会ったことがあり、気に入っていた。カリスマ性を持ち、頭も切れる。切れすぎるかもしれない。だがことわざにもあるように、物乞いはえり好みできない。

「わかった」スコットは同意した。「至急、彼と会えるよう算段してくれ」

「もう連絡は取りました。ただ残念ながら、いま彼はアメリカにいます。個人秘書によると、家業で、ということです。シドニーの本社に戻るのは来週の初めで、お二人が会える日時を秘書が追って知らせてくれることになっています」

「すばらしい。きみなしではぼくはお手上げだよ、クリーオ」

「あなたは破産し、わたしは失業ですね」

「だが、失業期間は長くないだろうな」彼はカップを手に取り、勢いよく飲んだ。そのため、クリーオの怒りのまなざしと決意を秘めた口元を見ていなかった。彼女の心の内も読めていない。そのほうが幸せだった。

　サラはオムレツを食べ終えたところだった。コーリーは週末の建築会議に出席するためにメルボルンに出かけていた。食洗機を片づけているとき、玄関の呼び鈴が鳴った。

　サラの血管に熱いものが流れた。スコットだ。どうしよう？　無視する？

　居留守を使おうか？　けれど、階下でテレビが音をたて、大半の照明がついているので、無理だ。

　サラが迷っているあいだに、また呼び鈴が鳴った。今度は振り返り、階段まで行った。心臓が早鐘を打ち、胃がむかついている。

　突然、ドアの向こうから大きな声が聞こえてきた。

「わたしよ、サラ。中に入れてちょうだい」

「クリーオ」サラはほっとしたように息を吐き、急いで階段を下りて玄関に向かった。夫の個人秘書がどうしてここに来たのか考えようともしなかった。訪問者が夫ではなかったことがそれほどうれしかった。

勢いよくドアを開けたサラは、クリーオに抱きつかんばかりだった。けれどもクリーオの険しい顔を見たとたん、驚いてあとずさりした。

「いったいどうしたの？」サラはいきなり尋ねた。「スコットのこと？　怪我《けが》でもしたの？」クリーオの顔にはこれまで彼女がサラによく見せていた表情はなかった。クリーオは大げさに笑ったりしないが、不機嫌な顔を見せることもない。しかしいまは、本当に不機嫌そうに見えた。大きな茶色の目は険しく細められ、形のいい唇は不満げにすぼめられていた。

「彼が事故にでも遭ったのかときいているなら、違う」クリーオはとげとげしい口調で答えた。「怪我なんかしていない。でも確かに傷ついているわ。ひどく傷つき、頭が正常に働いていない。惨めな彼をあと一週間も見ていられないから、今夜ここに来ることにしたの。あなたに分別を持ってもらおうと」

クリーオの批判的な口調にサラはいらだった。押しかけてきてわたしの行動を批判するなんて、何様のつもり？　ここ数週間、サラの中でたぎっていた嫉妬心が、怒りに拍車をかけた。だが辛辣に言い返す前に、クリーオの顔は和らいだ。

「ごめんなさい。言いすぎたわ。あなたがスコットを愛していることは知っている。そしてあなたが家を出るほどひどいことを彼がするか言うかしたこともわかっている。でも、あの写真を受け取って以来、彼は正気を失ってしまった。わたしはただ……あなたたちを仲直りさせないわけにはいかないの。スコットには肩を持ってくれる人が誰もいない。親も親しい友だちもいない。彼にはあなたしかいないのよ」

「あなたがいるわ」サラの態度も和らいでいた。

「それはないわ。わたしは単なる個人秘書にすぎないもの」

サラはため息をついた。「それ以上だと思うわ、クリーオ。彼はよくあなたのことを話すの。あなたを心から称賛している」本当だ。スコットはクリーオのことを褒めそやし、ときどきサラがいらだつほどだった。

「スコットはいい人よ」秘書は言った。「すばらしいボスよ。自分のもとで働く人たちを本当に大切にしている。こんな時代では珍しい。この一週間は違ったけれど。仕事に対する意欲をすっかりなくしているの」

クリーオの最後の言葉にサラは驚いた。スコットの労働倫理をねじ曲げるものが存在するとは想像だにしなかった。けれど、二人の問題がそれほどまで彼に影響を及ぼしていると思うと、サラは少し慰められた。結局のところ、彼はわたしを愛しているのかもしれない。でも、愛にもいろいろある、とサラは身をもって知っていた。彼女がスコットに望む愛は、ベッドでの情熱だけでなく、信頼と尊敬を伴うものだ。

「それは大変ね」サラは言った。「だけどすべては彼が自ら招いたことよ。今回のことについてあなたがどれくらい事情を知っているかわからない。でも、スコットはあなたには打ち明けたでしょうね」腹立たしげにつけ加えた。「そうでなければ、あなたはここに来ていない。わたしがどこにいるか、彼から聞いたようね」

「スコットはプライベートなことは話したりしない」クリーオは断固として言った。「でも立場上、わたしは少しずつ知るようになるの。ねえ、中に入っていいかしら？ ここは冷えるし、あなたに話したいことがあるから。二人だけで」彼女は静かに言い、歩道を行き交う人たちを見た。そのうちのひとりは興味ありげなまなざしを二人に注ぎながら隣家に入っていった。

サラは夫の個人秘書から説教をされたくなかったが、クリーオに失礼な態度をとりたくもなかった。それに、彼女のことが好きだった。一方で、スコットの人生における彼女の立場が羨ましかった。彼女は本当の意味での親密な関係をスコットと築ける立場にある。彼は妻よりも個人秘書と多くの時間を過ごし、出張にも同伴し、彼女の意見に耳を傾ける。クリーオもあのぞっとする写真を見て、彼と同様に恐ろしい結論に飛びついたに違いない。ボスに同情しているのは明らかだ。

　サラはしかたなくクリーオを居間に通し、彼女がソファに座るあいだにテレビを消した。二重煉《れん》瓦《が》の建物の中は暖かい。だがサラは古い炉床に置かれた電気ストーブのスイッチを入れた。模造の黒炭のまわりに本物のような炎が揺らめいた。

「コーヒーでもいかが？」サラは腕を組んで尋ねた。「ワインのほうがいいかしら？」サラは飲めないが、ワインは冷蔵庫にたくさんある。おのずと、きのう買った妊娠検査薬のことが思い出された。確実な結果を得るにはまだ早すぎるが、薬局の店員の話では、新しい検査薬は古いものより早く検出できるという。どれくらい早くなったのかしら？

「いいえ、飲み物はけっこう」クリーオはそっけなく答えた。「すぐに失礼するから。わたしが来てうれしくないのはわかる。でも、どうしても来る必要があったの」

　彼女の口調とまなざしの強さに、サラは組んでいた腕を下ろし、隣に座った。無意識のうちに手を伸ばし、苦悩する女性の手に自分の手を重ねる。

「ごめんなさい」サラはそっと言った。「普段のわたしはこれほど不作法ではないの。スコットのことで何か言いたいのなら、ちゃんと聞くわ」

「スコットのことだけではないの。結婚のことよ」

サラは目をしばたたいた。「結婚がどうかしたの?」

クリーオは首を左右に振った。目が陰りを帯びる。「難しいわね、結婚を続けるのは。特に夫が妻をちゃんと扱わないときは、とても難しい……」声も視線も、宙をさまよいはじめる。

サラは眉をひそめた。クリーオは自分の結婚について話しているのかしら? スコットによると、彼女は献身的な妻だったらしい。陽気な未亡人にならなかったのは確かだ。

クリーオはそこで気を取り直したように見えた。暗い物思いから抜け出し、目下の問題に戻った。

「感謝しないと」クリーオは強い口調で言った。「元気で生きている夫がいて、世界じゅうの何よりもあなたを愛している夫がいることに。彼は完璧でないかもしれないけれど、あなたはどう? 彼はあの写真のことで自分が間違った結論に飛びついたと気づき、心からすまないと思っている。お願いだから、彼にもう一度機会をあげて、サラ。彼にはそうするだけの値打ちがある。せめて話をして」

サラは顔をしかめた。「いまは彼に何を言っていいのか、見当もつかないの」

「このままでは、何一つ得ることはできない。あなたがスコットと話ができるようになっても、今度は彼があなたと話ができないかもしれない。いい関係を保つためには気持ちを伝え合う必要がある。スコットと話さないとだめ。あなたの望みや不安を話すの。そして彼にも話をさせるの。防御を解き、互いに胸の内をさらすのよ。人生に、そして夫にあなたが何を望んでいるのかをわからせなくては。きっと彼はその難題に取り組むと思う。彼は本当にあなたを愛しているから。あなたが彼を愛しているように」

「なぜあなたにそんなことがわかるの？」サラは強い口調で問いただした。クリーオの助言に刺激を受けると同時に、苦痛も覚えた。スコットに何もかも話すなんて、どうしてできるだろう？　あまりにも個人的すぎることもあるし、恥ずべきこともあった。

クリーオの笑みは優しい。「二人が一緒にいるところを見るだけでわかるわ。あなた方が見つめ合う様子でわかる。あなた方の目には互いへの愛情があふれているわ」

サラはそこまで確信を持てなかった。先週末、彼女がスコットの目に見たのは愛情ではなく、欲望だった。彼女と同じく。それがすべてだった。気の合った者同士であり、お金の心配をしなくていいということも大きかった。多くの結婚生活がお金の問題で揺らぐ。クリーオの夫は癌を患う前はどんな様子だったのだろう？　サラは尋ねるつもりはないが、彼らの結婚生活はスコットがほのめかすような理想的なものではなかったのかもしれない。

「とにかく彼に電話すると約束して」クリーオは強く言った。「今夜よ。先に延ばさないで。あなたが望んでいないなら、急いで彼のところに戻ることはない。でも少なくとも、彼と話をして、サラ。お願い」

　サラはまだ夫と話をしたくなかった。しかしクリーオから彼の取り乱しようを聞かされたあとでは、電話をしないと、臆病者でひどく残酷だという烙印《らくいん》を押される気がした。どちらも願い下げだった。けれども彼のもとに戻るつもりはない。赤ちゃんがいるとわかるまでは。

　いいえ、妊娠が判明しても、たぶん戻らないだろう。

「わかったわ」答えたものの、サラは気乗りがしなかった。

「約束して」クリーオはさらに詰め寄った。

「約束するわ」

「今夜ね？」

「ええ。今夜」

クリーオは大きくため息をついてから、立ち上がった。

サラも腰を上げる。「本当に何も飲まない？」

「ええ。用事はすんだから、帰るわ。そうだ、帰る前に、できれば、もう一つ約束してほしいの」

「何を？」サラはいらだたしげに尋ねた。

「わたしがあなたに会いに来たことは言わないで。彼は喜ばないでしょうから」

「わかったわ」その頼みにはサラも同意できた。自分の個人秘書が私生活に干渉していると知ったら、彼は激怒するに違いない。「あなたが来たことは言わない」

クリーオが笑みを浮かべるのを見て、サラは思った。クリーオがまともな服を着て、洗練されたヘアスタイルとメイクアップが加わればどんなに魅力的になるかと。本当にすばらしい女性になるだろう。もっとも、すばらしくなってほしくはないけれど。彼女はスコットと長い時間を過ごすのだから、いつもの穏やかで、どちらかというと退屈に見える女性のままがいい。

クリーオを見送って玄関のドアを閉めたあと、まだ彼女に嫉妬していることに気づき、サラは顔をしかめた。彼女に嫉妬する理由はないはずなのに。サラは母がとてもやきもち焼きだったことを思い出した。嫉妬心は遺伝するものなの？　嫉妬などしたくない。嫉妬は人の心をゆがめ、惨めな気持ちにさせる。

もちろん、母が嫉妬するのは当然と言えば当然だった。父の女遊びは度を超していた。母はよく言っていた。わたしがたびたび癇《かん》癪《しゃく》を起こすのはあなたのお父さんをとても愛しているからなのよ、と。サラは重い足どりで階段を上がりながら眉をひそめた。過度の嫉妬は過度の愛情と結びついているのではないかしら？　そんな考えがふと脳裏をよぎり、サラは不快感に襲われた。

彼女は背筋を伸ばし、顎を上げた。両親が離婚し、その後、母は自殺した。以来、自分を苦しめてきたどす黒い不安を、サラは断固として無視しようと努めた。

母が処方薬とアルコールの両方を過剰に摂取したのは事故だと医師は言った。だがサラはそうではないとわかっていた。不誠実な夫に愛されていないと知って、母は自殺したのだ。父は母をまったく愛していなかった。二人が結婚したのは妊娠したからだ、と母は言っていた。そのとき母のおなかにいたのはサラではなく、サラの兄だった。父の放蕩《ほうとう》がひどくなってくると、母はもうひとり赤ん坊を産んで父を引き止めようとした。それがサラだった。

そう、赤ん坊の存在が危うい結婚生活を強固なものにすることはない。サラは我が身を顧みた。母親になるかもしれないと思うと、胸がどきどきする。彼女は平らな腹部に両手をそっと置いて呼びかけた。「あなたはもうここにいるの？」

妊娠を怖がっているのか、胸をときめかせているのか、サラは自分でもよくわからなかった。家族を持ちたかった。ただし、父親としてふさわしい男性、彼女を愛し信頼してくれる男性と。その男性はスコットだと信じていた。そして子供は、怒りや嫉妬の爆発からではなく、愛情によって身ごもるものだと思っていた。

一つだけ確かなのは、クリーオと約束したとおり、今夜スコットに電話をしても、妊娠の可能性について話すつもりはないということだ。彼のもとに帰ることに同意するつもりもなかった。ありえない。スコットが初めて会ったときと同じ男性だと確信できるまで、彼と二人きりにはならないと決めた。礼儀正しく、強く、教養のある男性であり、例の写真を受け取ってからの野蛮人のような男性ではないとわかるまで。あのときの彼は危険で邪悪なほどセクシーだった。もっとも、それまでの彼がセクシーでなかったというわけではない。サラは彼とのセックスを思い出し、みだらな光景で頭がいっぱいになった。

「まったく」サラは悪態をつき、よろめきながら階段を上がっていった。

9

スコットは書斎の大型ソファに手足を投げ出すようにして座っていた。三杯目のウィスキーを飲み干したとき、携帯電話が鳴った。電話が嫌いなスコットはため息をついた。ズボンのポケットから電話を取り出し、相手を確かめるために画面を見たとたん、心臓が止まりかけた。サラだ！

一瞬、出ないでおこうと思った。男女を問わずルールはフェアでなくてはならない。だが、なぜサラが考えを変え、二週間になる前に連絡をしてきたのか知りたかった。彼女はいかに自分がつむじ曲がりだったか、ようやく気づいたのかもしれない。そう思っても、彼のいらだちを和らげることはなかったが、とりあえず応答した。

「わざわざ電話をいただいたのはどういうご用件でしょう？」スコットは皮肉な口調で言った。

サラは歯ぎしりをした。電話をするのはいい考えではないとわかっていた。けれど約束は約束だ。

「考えたのだけれど」サラは丁寧な口調で切

りだした。「わたしたち、話をしてはどうかしら」

「本当に？　レイトンだったかな、あいつに関するぼくの話をやっと信じたのか？」

「フィルとはまったく話していないわ」サラは言った。

「なぜだ？」

「今週は仕事に行っていないから」

「なぜだ？」本当に驚いている口調でスコットは繰り返した。

サラは彼に本当のことを話すつもりはなかった。「鼻炎になったから」かかりやすい病名を選んで告げる。「来週の月曜日には仕事に戻らなければならないの。その前に、二人のあいだの問題を片づけないと、仕事に専念できそうにないわ。それで、今週末にはちゃんと話をしようと思ったのよ」

「ちゃんと話をするのはあまり得意ではない」彼が言う。

「そうね」サラは認めた。スコットは口数が少なく、指示したり決断を下したりする以外は口を開かない、寡黙なタイプだった。おしゃべりのためのおしゃべりには興味がないのだ。サラも噂話《うわさばなし》をしたり身の上話をしたりするのは好きではない。コーリーを除けば。たぶん彼が親身になって聞いてくれるからだろう。それでもコーリーが何もかも知っているわけではない。そしてスコットはほとんど何も知らない。サラが育った環境について詳しいことはいっさい知らなかった。

サラもスコットの生い立ちについてほとんど知らない。これはよくない。クリーオに言われるまでもなく、夫婦、特にまもなく親になるかもしれない夫婦は、互いに秘密を持ってはいけないと思う。もしサラが自分の父親についてスコットに本当のことを話していたら、まして厄介な兄のことを話していたら、スコットは彼女が決して不誠実なことはしないと直感で悟ったに違いない。

いまこそこの状況を修復するときだ。二人の結婚生活を救うために、何か建設的なことをするときだ。逃げているだけでは何も解決しない。母が死んだあと、サラは逃げていた。そして何一つ成し遂げていない。確かに世界を見て歩いたが、常に悲しみと絶望がつきまとい、何も見えていなかった。おそらく家にとどまり、まずカウンセリングを受けるべきだったのだろう。

しかし、そうしていたら、アジアですばらしい体験をすることはなかった。アジアでは大都市を避け、小さな村に滞在し、素朴な生活を送った。村の家族が互いに注ぎ合う愛情を目の当たりにすることは、どんなカウンセリングより効果があった。いまあの村に行けるなら、なんでも差し出すのに。

サラはため息をついた。こんなことを考え

ても意味がない。世界が違うのだから。彼女の世界は、シドニーと、スコットと、混乱している結婚生活なのだ。今回はカウンセリングを受けたほうがいいかもしれない。

「あなたが電話で長話をするのが嫌いなことはわかっている」サラは言った。「明日、どこかでランチを一緒にとるのはどう？」大勢の人がいるところで彼と会えば、厄介な欲望に悩まされる恐れもない。

「すまない。それは無理だ。明日の昼時はランドウィック競馬場にいる。最初のレースでトロフィーを贈呈しないといけないんだ。マカリスター・マインズ・ステークスだ。一緒に来ないか？」

サラは行きたいと思った。スコットと一緒に競馬場に行くのは好きだった。活気のある雰囲気も、美しい馬を見るのも、いつも彼が勝つ馬に賭けているように見えるところも好きだった。ただ競馬場は公の場所で安全だけれど、スコットと大事な話をする機会はないだろう。彼は馬主やトレーナーに囲まれ、馬を買うよう勧められるだろう。スコットは馬は買わないといつも口にしていた。競走馬を所有するのは、鉱山を所有するよりも危険な投資だと言って。

サラはイエスと言いたかったが、結局は行かないことにした。「やめておくわ」いくぶん残念そうに言う。「夕食はどう？」

「明日まで待たず、これからすぐにきみに会いに行くというのはどうだ？」

サラは鋭く息を吸った。彼女の裏切り者の体が期待に震える。

「それもやめておくわ、スコット」サラはきっぱりと言った。「明日の夜の夕食はどうかしら？」繰り返し提案する。

「わかった」彼は大きなため息をついてから承諾した。「どこで？」

「どこでもいいわ。あなたが選んで。ゆっくりと話せるところがいいわね」

「埠頭《ふとう》の先にあるきみの好きなシーフードのレストランに予約を入れておく。なんという名だったか……ぼくは名前を覚えていたためしがないな」

「シーフード・パレス？」

「そうだ。そこだ」

「幸運に恵まれなければ、土曜の夜に席は取れないわ」

「席は必ず取る、心配しなくていい。何時にする？」

「八時は？」サラは言った。そのころには飢えている。でも、何に？　邪悪な考えが浮かんだ。ああ、まったく、わたしときたら……。

「ずいぶん遅いな」スコットが言った。「七時にしよう」

サラは長くいらだたしい夜を受け入れることにした。「いいわ。七時ね」

「十五分前に迎えに行く」

サラはたじろいだ。車の中で彼と二人きりになりたくなかった。食事のあと、家に送ってほしくなかった。ばかげたことを考えているのはわかっている。これは二人の問題を片づけるためなのだし、だいいちスコットは車の中で襲いかかったりしない。「いいわ。迎えに来てちょうだい」

「よし」スコットが言った。「きみが片意地を張るのをやめるのを見るのはいいものだ。では明日」彼はそう言って電話を切った。

サラは彼のぶしつけな言葉に驚き、鼻白んだ。それから足早に部屋に入ると、ベッド脇のテーブルの上にある妊娠検査キットに目が行った。

「わたしは片意地を張ったりしない」サラは小さな声でつぶやいた。「でも、妊娠しているかもしれない」検査キットを手に取り、バスルームに向かう。

サラは包みを開けて説明書に目を通したとたん、検査をしたくてたまらなくなった。信頼できる結果を得るには、いま検査をするのは早すぎるし、偽陰性の結果が出てもなんの足しにもならない。最後には常識が勝ち、サラは使わないままキットを箱に戻した。そして箱を置いてバスルームから出た。

その夜、妊娠しているかもしれないという思いが何度も脳裏をよぎった。もし妊娠していたら、スコットはなんと言うだろう？　結婚生活を修復する手段になると、喜ぶだろうか？　あるいは、わたしを疑い、また不貞を働いたと非難するかもしれない。

　もちろん、最近では父親が誰かは、ＤＮＡの検査でほぼ正確に判別できる。とはいえ、スコットの目に疑念が浮かぶのを目にするのはいやだった。しかし、皮算用にすぎず、妊娠していない可能性もある。

けれど女としての本能が、妊娠しているとささやいていた。

　サラは朝方まで眠れなかった。

10

　サラはベッドの上に散らかっている服の山を見てため息をついた。たんすの中の服を試着しては投げ捨てるさまは、まるで初めてデートに出かけるティーンエイジャーのようだ。

「コーリーのせいだわ」サラは服を元に戻しながらつぶやいた。

　今朝、彼とメールのやり取りをしたとき、スコットと夕食をともにすると伝えると、コーリーは言った。それはいい考えだ、特別にセクシーな装いをするように、と。

ばかげた助言だ。サラはもうスコットとはセックスをしないと決めていた。もし特別にセクシーな格好をしていけば、間違ったメッセージを送る羽目になる。

とはいえ、それなりにセクシーに見える格好をしたかった。

問題は、そんな服を持っていないことだ。

普段、襟ぐりの深いトップスや、ぴちぴちの短いスカートを身につけることはない。いつも上品で女らしい服を選んだ。それらは、サラを美しく見せるが、決して男性を挑発するような服ではない。

ブロンドの髪やほっそりとした体形を際立たせる色や生地の選び方は母が教えてくれた。

仕事では、クリーム色か茶色がかった灰色のスーツに、パステルカラーか繊細な花柄の柔らかなシルクのブラウスを選んだ。スカートはきれいに体に沿う膝丈のもので、常に高価なストッキングをはいた。かすかに艶のあるストッキングは形のいいふくらはぎとほっそりした足首へと人の目を引きつけた。肌色の靴と鞄《かばん》はどんな装いにも合う。仕事のあとは、たいてい改まった服を選んだ。今夜のような夕食に合っているはずだ。

なのに、サラはどれも気に入らなかった。

結局、シャンパン色のクレープのパンツとおそろいのジャケットに落ち着いた。二年前に買ったもので、涼しい季節にはよく着ている。五月の半ばのシドニーは穏やかな日々が終わりに近づいていた。今夜はかなりひんやりしている。もちろん、レストランは暖房がきいているので、ジャケットを脱いだときのために下には何かふさわしいものを着ていないといけない。それに、スコットのそばにいると、たぶんひどく暑く感じるだろう……。

そう思うなり、背中に震えが走った。なんてことなの！

ふさわしいトップスを見つけるのは意外に難しかった。キャミソールは肌の露出度が高すぎる。最終的には、金色のビーズで飾ったトップスを選んだ。セールで買い、一度も着たことがなかった。ノースリーブだが、襟ぐりは浅からず深からずで、ちょうどいい。

装飾のないシンプルなハイヒールに金色のクラッチバッグ、そして金の装身具をつけて仕上げをした。過剰なものは何一つなかった。首につけた細いチェーンは母の形見で、小さな金のピアスはサラが海外で買ったものだ。スコットが買ってくれた宝石ではない。もともと彼は贈り物をあまりしない人だったので、サラは宝石類をさほど多くは持っていなかった。それでも、結婚式の日にはすばらしい真珠、昨年の十一月の誕生日にはダイヤモンドのペンダントとおそろいのイヤリングを贈ってくれた。

六時三十五分にはサラは服を着て、化粧もすませていたが、まだ迷っていた。髪を下ろすのはよくないかもしれない。スコットは髪を下ろしているほうが好きだった。二人が初めて会った日もサラは髪を下ろしていた。だからこそ、今夜はしっかりと結い上げておくべきかもしれない。

でも、もう時間がない。サラは両サイドを上げることで妥協した。真珠をちりばめた美しくて女らしい二つの櫛《くし》で留めた。十五カ月前の運命の日には髪を下ろしていた。あの日、艶やかでなめらかな髪は肩にかかり、背中の半ばまで垂れていた。いまは肩甲骨の上のあたりで切っている。それでも最高の髪だと思う。母もよくそう言っていた。

母について考えることはサラにとってとても有益だった。というのも、今夜はスコットのセックスアピールに抵抗し、二人の関係を作り直すことに集中しなければいけないからだ。つまり夕食をとりながら彼とゆっくり語り合い、サラがこれまで話していなかったことをすべて話し、そして彼の秘密も探り出すのだ。彼にもきっと秘密があるはずだ。

七時十五分前になると、サラはバッグを手に取り、階下へ向かった。階段のいちばん下に着く前に玄関の呼び鈴が鳴り、サラをひどく驚かせた。一瞬、心臓が止まったほどだ。

彼女は胸いっぱいに空気を吸い、ゆっくりと吐き出しながら歩を進め、自分に言い聞かせた。落ち着いて振る舞うのよ。あくまでも冷静に、穏やかに。彼がどんなにすてきに見えても、どれほど彼がセクシーだと思っても、夢中になってはだめよ。お願いだから。

　その忠告に効果があったのは、ドアを開け、彼を目にするまでのわずかな時間だった。彼は黒いジーンズに、オープンネックの白いシャツ、その上にあか抜けたジャケットを着ていた。サラが選んだ服ではないし、これまで見たこともない。今夜のために新調したのだろう。彼も初めてのデートのように感じたのかもしれない。

「すてきよ、スコット」サラは褒めながら、胸がどきどきするのを無視しようと試みた。

「きみほどではないよ」スコットは熱い飢えたようなまなざしをサラに注いだ。

　サラはまた大きく息を吸った。「何が？　この古いのが？」彼女はさらりとかわした。

　彼の笑みはサラの見せかけの冷静さを奪い去った。なんてセクシーな笑みだろう。満面の笑みではない。口の端を上げた苦み走った笑いで、わかっているよと言わんばかりに灰色の目が輝いていた。

「そのトップスは見たことがない」スコットが言った。「でも、とてもすてきだ。もっとも、きみはいつもすてきだけれど」

「まあ、お世辞だなんて、あなたらしくないわよ、スコット」

「今夜は必死なんだ。さあ、出かけよう」

「その前に鍵を閉めないと」

「コーリーはいないのか？」鍵をかけているサラに彼が尋ねた。

彼はわかっているというような口調で言ったが、サラにはその理由がわからなかった。通りにコーリーの車がないことに気づいたのかしら？　パディントンのテラスハウスは、路地裏に駐車場があるところは少なかった。

「土曜日の夜よ」サラは曖昧に答えた。「あなたの車はどこに置いたの？」通りを見渡しながらきく。

「角を曲がったところだ。ここは週末に止めるには厄介な通りだな」

「わたしがタクシーでレストランに行けばよかった」サラは彼と並んで歩きながら言った。

「ぼくはいやだ」スコットは言い、両手をポケットに入れた。「今回のことではきみがすべてを思いのままにできるわけではないよ、サラ。もし仲直りを望んでいるのなら、きみはぼくの気持ちも考えなくてはいけない」

サラは足を止め、茫然《ぼうぜん》として彼を見つめた。

するとスコットは声をあげて笑った。

「自分の顔を見たほうがいいな。実際のところ、話には両面があることを弁護士は忘れるべきではない。先週の金曜日、ぼくはひどいことをしたかもしれない。だが、この一週間のきみの振る舞いも感心したものではなかった」

　サラは個人的な批判を甘んじて受け入れるのが苦手だった。とりわけ図星だと思える場合は。自分を哀れむのに精いっぱいで、スコットがあの写真にどれほど動揺したか、じっくりと考えることはなかった。昨夜、クリーオがやってきて、いかに彼が傷ついているかを聞かされても、サラは本当にわかってはいなかった。それだけに、スコットの指摘は胸にこたえた。

「あなたの言うとおりよ」サラは素直に認めた。「ひどいことをしたわ。謝るわ」

「謝る必要はない。ぼくは間違ったときは認めることができるし、先週はひどいことをした。できるなら時計の針を巻き戻したい。だが、きみの反応は少し過剰だった。そうだろう？　きみが家にとどまっていれば、ぼくたちは最後にはすべて解決することができた。なのに、二人ともこの一週間、惨めな思いをし、寂しい毎日を過ごした」

　サラは自分のしたことを彼に取り繕わせるつもりはなかった。かといって、自分ひとりに責めを負わせるようなまねもしない。それこそ彼女の父が母にしたことだ。父は、母が大げさに振る舞い、父がほかの女性を見たというのは母の思い違いだと言った。ただ見ただけだ、というのが父の言い分だった。哀れで愚かな母は簡単に信じてしまった。

　サラは引き下がるつもりはなかった。「わたしはそうは思わない。家にとどまっても、解決なんかしなかった。何一つ。先週の週末に起こったことは、わたしたちの関係の根底にある問題をあらわにしてくれたのよ」

「詳しく話してくれないか？」

「ええ、レストランに着いてからね。〈シーフード・パレス〉の席は取れたの？」

「取れたよ。金は物を言う。ぼくのような男でも、最高に美しい妻や最高の席を得ることができる」

　サラは彼を見つめた。「わたしがお金目当てであなたと結婚したと思っているの？」驚いて尋ねる。

　スコットは肩をすくめた。「正直な話、どうしてきみがぼくと結婚したのかわからないんだ」

「あなたを愛したから結婚したの」

　スコットに結婚の動機を疑われたことに、サラはひどく腹が立った。けれどそれなら、どうして彼がわたしは不貞を犯したと思ったのか、違った見方ができる。

「わたしはずっとあなたが欲しかった」サラはなんとか彼を納得させようと続けた。「あなたを目にした瞬間から」

「それもぼくを困惑させる要因だ」スコットは言った。「きみはバージンだった。それまで誰にも欲望を覚えなかったのに、ぼくに欲望を抱いたという。そんなことが起こるなんて、ぼくには信じられない。ぼくに会うまでにきみが男性に求められたことがないとは思えないんだ、サラ」

サラはたじろぎ、ため息をついた。最初から包み隠さずスコットに生い立ちを話すべきだった。話していれば、どうしてこれまで男性に対してひどく臆病だったか、彼は理解したに違いない。サラはクリーオに勧められたことをしようと心に誓った。何もかもスコットに話すのだ。

何もかも、ではないかもしれない。すべてが解決して得心できるまで、妊娠については話すつもりはない。必要がないかもしれないのに、わざわざ問題をややこしくすることはない。

「あなたが当惑するのはわかる」サラは正直に言った。「でも、あなたに会ったときになぜバージンだったのか、それにはちゃんとした理由があるの。説明するのに少し時間はかかるけれど。レストランに着くまで待ってもらえるかしら？　それからあなたの質問には全部答えるつもりよ。だから、あなたもわたしの質問にはすべて答えてほしい。正直に」

サラはきっぱりと言いながら、今夜は決して自制心を失うまいと心に誓った。

11

〈シーフード・パレス〉は、トップクラスのメニューからシドニー港を見渡せる環境まで、まさにファイブスター・プラスのレストランだった。広々としていて、適度な間隔をあけて置かれたテーブルは白いリネンに覆われ、最高のカトラリーやグラスがセットされている。中央には小さなクリスタルの燭台《しょくだい》があり、給仕長が二人をテーブルに案内したあと、大仰なしぐさでキャンドルに火をともした。レストランの中でいちばんロマンチックな最高の席であることは間違いない。そこはとてつもなく大きい出窓のある半円形の小部屋で、特別な客に海とハーバー・ブリッジのすばらしい眺めを提供していた。

「今夜はアンドレーがお二人の給仕をいたします」給仕長がサラのために椅子を引きながら言った。続いてスコットに向かって満面の笑みをたたえてみせた。「どうぞごゆるりとお楽しみください」そう言って、意欲的な顔つきの若いウエイターにあとを任せた。

間際になってこの席を確保してくれた給仕長に、スコットはチップをはずんだ。そのことを考えれば、給仕長がにこやかなのも当然だった。

スコットは、今夜はとにかくサラに強い印象を与えたいと思った。二人のあいだでいまもたぎっている情熱と親密さで彼女を取り戻せる、と本気で思っていた。だからこそ、今日は競馬場をさっさと出て服を買いに行き、最高の自分を見せようと決めたのだ。

実際、サラがドアを開けて、彼を見て喜んだときは、計画はうまくいったと思った。だがなぜか、車まで歩いていくあいだに脱線してしまった。彼女がタクシーで行くべきだったと言ったときはいらだちを覚えた。そして言うべきではなかったことを言ってしまった。いまさら悔やんでも、もう遅い。けれど正直に言うなら、彼が投げかけた質問に対する答えが欲しかった。

それまでは、シャンパンで彼女の気持ちを和らげるのがいいだろう。サラはおいしいシャンパンが好きだ。だが、シャンパンはどうかと尋ねると、彼女はかぶりを振った。

「残念だけれど、鼻炎用の抗生物質をのんでいるあいだはアルコールは禁止なの」スコットにそう言ってから、サラはウエイターにほほ笑んだ。「発泡水をお願い」

スコットは失望した。

「それならぼくはビールにしよう」彼はひどく気分を害していた。

「種類は何にいたしましょう?」

「ライトエールならなんでもいい」

サラはスコットに嘘《うそ》をつきたくなかったが、ほかに適当な理由を思いつかなかった。ピルをのみ忘れ、もしかしたら妊娠しているかもしれない――そんなことは話せない。少なくともいまは。今夜は、確定していない未来ではなく、過去について話さなければならない。

サラはメニューを取ってじっくりと見ているうちに、あまり食欲がないことに気づいた。彼女が育った機能不全のひどい家庭について、ありのままスコットに話すのかと思うと、胃がきりきりと痛んだ。

「あなたが注文してくださる？」サラはスコットに頼み、メニューを下ろした。「わたしが選ぶものよりあなたが選ぶ料理のほうがいつもおいしいから」

「確かに」彼は悲しげにほほ笑んだ。「ときどきみは優柔不断になる」

「あなたはそんなふうに言われた経験はないでしょうね」サラはそっけなく応じた。

「自分が欲しいものはだいたいわかる」

テーブルを挟んで二人のまなざしがぶつかった。彼のきらきら輝くグレーの目の奥には、初対面のときに見た渇望が浮かんでいた。けれど今回、サラは原始的な欲望に屈したりはしないと誓った。今夜は彼にそそのかされたりしない。あくまで話をするためにここに来たのだから。

それでも、スコットから視線を引きはがし、景色を見るふりをするのはひと苦労だった。

「ここから見る夜景は実にみごとね」サラはできるだけさりげない口調を心がけた。

「ああ、とても」

サラがいらだたしくなるほど、スコットはきざな口調で答えた。今夜、彼はわたしが家に帰るのを期待している、とサラは察した。そして彼に抵抗するという自分の固い決意の裏にはこれ以上ないほど危険な衝動が潜んでいることもわかった。彼とベッドをともにしても困ることはないでしょう？　せめて今夜くらい気分転換に体を重ねてもいいんじゃないかしら？

視線をスコットに戻したときには、彼にノーと言えるかどうか定かではなかった。ときどき優柔不断になるという彼の指摘は当たっている。もしわたしが話したくないことを話しだせば、興奮はおさまるだろう。実家での暮らしを思い出すことほど、心の中が寒々とするものはない。

だがサラが悲惨な話を始める前に、アンドレーが飲み物を持って戻ってきた。スコットはその機会をとらえて注文をした。前菜には新鮮な殻つきの牡蠣《かき》、主菜にはバラマンディのグリルにレモンとパセリのソース添え、付け合わせのサラダ、デザートにはいかにも退廃的なチョコレート・チーズケーキ。

「クリームではなく、アイスクリームを添えて」スコットはつけ加えた。

「アイスクリームが本当に好きね」

ウエイターが去ってからサラは言った。

サラは、相手の生い立ちに関する情報量はスコットより自分のほうが多いと気づいた。彼は幼いときに母親を亡くし、父親に育てられたことをサラは知っている。父親は成功した探鉱者ではなかったが、聡明《そうめい》で、地質学の学位を持っていた。彼は家でスコットを教育した。ミニバンを家にし、夢を追ってオーストラリアじゅうを巡った。

スコットの父親はときどき大もうけをした。ライトニングリッジで高価なオパールをいくつかと、かなりの大きさの金塊を見つけた。その売り上げは土地を購入する資金になり、
やがてその土地に本物の宝があることが判明した。資金が残り少なくなると、父親は鉱山で仕事を見つけ、トレーラーハウスの駐車場で暮らした。そこではスコットは自由気ままに振る舞った。

〝あれこそ人生だった〟とかつて彼が話したことがあった。

いま思うと、そのとおりだ。どんな人生もわたしの行き詰まった生活よりはましだ。

「ぼつぼつきみが言っていた説明とやらを聞かせてくれないか、サラ」二人を包んでいた

重苦しい緊張感をスコットが破った。「ぼくたちしかいない。言い訳はなしだ」

サラは話をする前にミネラルウォーターのグラスを取ってひと口飲んだ。誰にも話したことのない真実を話そうとして、どこから話せばいいのかわからなくなる。

「父の浮気は一度だけではなかった」サラはいきなり言った。「わたしの記憶にある限り、父は浮気の常習者だった」

スコットは驚いてはいないようだったが、考えこむような表情になった。

「父は浮気を隠そうともしなかった」サラは続けた。「週末のあいだずっとどこかの女性と姿を消してしまうこともあったわ。母は正気を失ったようになり、大げんかになった」

スコットは眉をひそめた。「どうしてお母さんは別れなかったんだ？」

サラはおもしろくもなさそうに笑った。

「わたしも同じことを母に言ったわ。何度もね。でも、別れなかった」サラはまたミネラルウォーターを飲んだ。「母はいつも父を取り戻した。父を愛しているからだと母は言ったわ。たぶんそうなんでしょう、母独特の自虐的な方法で。父のほうから出ていかない限り、母は離婚しなかったと思う。若いながらも、母はとても裕福だった」

「なるほど。お父さんのほうはどうやって生計を立てていたんだ？」

「高級車のセールスマン。フェラーリやポルシェを扱っていた。腕利きのセールスマンで、豪勢に暮らしていたわ。離婚したあとも、わたしたちは経済的には何不自由なく暮らした。父は母に家を与え、わたしの教育費も払ってくれた。その点では父に不満は言えない」

「離婚後はむしろ、きみの生活はよくなったわけか」スコットは言った。

「ええ、しばらくは。父が家を出てくれてほっとした。それ以上にほっとしたのは、ろくでなしの兄の顔を見なくてもよくなったことかしら」

12

牡蠣《かき》が運ばれてきたので、驚くべきサラの話は遮られた。いったい、彼女の兄は何をしたんだ？　悪い話であることは確かだ。サラの顔は兄を思い出してゆがみ、目は嫌悪感でいっぱいだった。

「きみをそんなにも怒らせるとは、お兄さんは何をしでかしたんだ？」スコットはウエイターが去ってから静かに尋ねた。

「ヴィクター――それが兄の名前。いやなやつよ。わたしより五つ上で、わたしが十三歳のとき、彼は十八だった。完全なセックス中毒で、四六時中、パソコンでポルノを見ていたわ。大勢のガールフレンドをごみ同然に扱い、だまし続けた。蛙《かえる》の子は蛙、ということね」

「きみには何もしなかったんだろうな？」スコットは心配になった。

「ええ。でも、わたしを襲うかもしれないと思わせ、わざと怖がらせて楽しんでいた。わたしを脅し、あらゆる方法で苦しめた。わたしがバスルームを使っているとき、うっかりしたふうを装って兄が入ってきたことがあって、それからは、かんぬきを買って中から閉めるようにしたの」

スコットが毒づくのを見て、サラは大きく身を震わせた。

「あんまりだ」スコットはなぜサラが長いあいだバージンだったか、ようやく理解しはじめた。「だが、そんな男ばかりではない」優しくつけ加える。

「わかってるわ」サラは彼にほほ笑んでみせた。「でも、男性を信頼できるようになるまで長い時間がかかった。男性を好きになれなかったし、信頼してもいなかった。大学に通いはじめたときも、まだ用心していたわ。男子学生がわたしに興味を示したら、すぐさま追い払った。それから母が死に、それをきっかけにわたしは心身ともに衰弱したの」彼女はすまなそうな目を彼に向けた。「母の死因は偶発的な薬の過剰服用とされたけれど、本当は違う。自殺だった」

彼女の目に涙が浮かぶのを見るなり、スコットはもう充分だと思った。心を打ち砕くような話はあとにすればいい。サラを腕に抱き、慰めることができる状況が訪れるまで待つのが賢明というものだ。

「こうしよう」スコットは温かい笑みを浮かべて言った。「いまは気持ちが動揺するような話はやめ、おいしそうな牡蠣を食べよう。ぼくたちが会ったときにきみがなぜバージンだったか、もう知りたいとは思わない。それにきみが不実な妻にはなりえないとわかった。無理に話をさせてすまなかった。いまはストレスになる話は忘れよう。きみが体験したことをぼくが知っていれば……」

「あなたには正直でありたいの」サラは答え、牡蠣をフォークで刺した。「そしてあなたにもわたしに正直になってほしい。結婚を続けていくなら、隠し事はできない」ピルをのみ忘れ、妊娠しているかもしれないというような大問題はとりわけ。

サラは打ち明け話を続けようと口を開いたが、言葉が出てこなかった。パニック状態の脳は彼には話さないようにとあらゆる言い訳を並べ立てた。その主たるものは、妊娠していないかもしれないのに、というものだった。

なぜこれ以上問題を起こそうとするの？　スコットが本当にわたしを愛し、信頼しているとわかるまでは、二人の壊れやすい結婚生活にさらなるストレスを与えるのは待ったほうがいい。

「あなたに話さなければいけないことがもう一つあるの」

スコットの顔に気遣いの色が浮かぶ。

「いいえ、ひどい話ではないの」サラは慌てて言った。「母が死んだとき、わたしはかなりの額の資産を相続した。まず、家。これは売ってしまった。それから、多額の現金」サラはかすかに辛辣な口調になった。一瞬でも、お金目当てで結婚したと思われたことで傷ついていた。「お金はたくさん持っているの。残念ながら、あなたの精錬所を救うには充分ではないけれど。わたしが聞いた話では、何百万ドルもかかるとか」

「そのとおり」スコットは悲しそうに言った。

「わたしのお金を自由に使ってちょうだい」サラは衝動的に申し出た。

「ありがとう。でも、いいよ。いつかきみが必要になるかもしれない。いまのぼくの精錬所のようにね」

「だけど、深刻な問題にはなっていないのでしょう？　あなたが破産しそうだとわかっていれば、このレストランを勧めたりしなかったのに」

「そんなことできみのかわいい頭を煩わさないでくれ。ぼくもばかではない。充分な資産と、鉱業以外から入る安定した個人所得もある。ここの請求書は問題なく支払える。それに妻を扶養できなくなるようなことはありえない。ただし、きみが家に帰ってきてくれたらね。この一週間、きみが恋しくて気が狂いそうだった。家に戻ってほしい」

サラはため息をついた。きっと彼はこの問題を持ち出すと思っていた。だから会いたくなかったのだ。抑えがたい欲望を刺激されるのが怖かった。サラも彼が恋しくてたまらなかった。あるいは、彼の体が。それこそがたったいま、彼女の心の中を占めている関心事だった。ああ、まったく何もかもが混乱して収拾がつかない。「そのことは……考えておくわ」サラは言った。「いまはお料理を食べましょう」

二人は黙々と牡蠣を食べたが、スコットは彼女の決断に、というより、彼女の決断力の欠如に不満が募った。ウエイターが皿を下げに来ると、スコットは自分にはビールを、彼女にはミネラルウォーターのお代わりを注文した。

「話をしたいと言っていたのに」ウエイターが下がると、スコットが口を開いた。「きみはいきなり黙ってしまった」

わたしの沈黙の理由を彼が知ったら、厄介なことになる、とサラは思った。そもそもなぜこの夕食を兼ねたデートに同意したのか、熱くなった頭でなんとか考えようと試みた。残念ながら、そのためには向かい側にいるスコットに目をやり、セクシーなまなざしを見つめなければならなかった。サラはさりげなさを装って肩をすくめた。

「あなたに話したいことは何もかも話したと思う」サラはできるだけ穏やかな口調を心がけた。「なぜいまのわたしがこんなふうに振る舞うか、あなたに理解してもらう必要があった。もし結婚前に、わたしたちがもっと話し合っていれば、事態は先週の金曜日ほど悪くなっていなかったかもしれない。あなたはもっとわたしを信頼してくれていたと思う。わたしが不実な妻になることなどありえないとわかってくれたでしょう」

「そうだな。ぼくは急いできみを結婚させてしまった。それでもサラ、ぼくは後悔していない。きみを信頼しなかったことや、先週の金曜日のぼくの振る舞いは後悔している。だがぼくたちがしたことは、とてもすばらしかった。そのことはきみも認めるべきだ。あの夜のきみはすばらしかった！　ぼくはあの女性に夢中だし、もっと欲しい」

　サラは全身で彼の渇望を感じ取った。胸のふくらみの硬くなった先端から、溶けるほど熱くなった脚のあいだまで、欲望があふれるのを感じた。幸いウエイターが飲み物を持ってきたので、危険きわまりない瞬間は壊れ、サラは息をついた。

「わたしはあの女性にそれほど夢中ではないわ」二人だけになると、サラはやっとの思いで言った。「彼女はあまりにも簡単にその気になってしまうから。よかったら、もっと大事なことに話を戻さない？」

「どんなことに？」

「どうして急いでわたしと結婚したのか、というようなこと。そもそもどうしてわたしと結婚したの？」

13

スコットは不意を突かれ、しばらく言葉が出なかった。

「どうなの？」サラは促した。

ようやく口がきけるようになると、スコットは切りだした。「なぜぼくがきみと結婚したのか、きみはよくわかっているはずだ。きみに夢中になったからだ。単なる欲望だけの問題ではない。ぼくは欲望がどんなものか知っている。きみに感じたのはそれとはまったく違う」

スコットはサラを熱愛していた。本当に心から愛していた。そして心配した。すぐにでも結婚しないと、この信じられないほど美しく聡明《そうめい》な女性を失ってしまうのではないかと。彼女の指に指輪をはめない限り、彼よりもハンサムで、魅力的で、洗練された男が現れ、サラを奪い去っていくのではないかと気が気でなかった。そんな危険を冒すことはできない。だから互いに夢中になっているあいだに結婚に向けて突っ走ったのだ。

だが結局、うまくいかなかった。そうだろう?　彼が心配していた男が現れた。そしてサラはその男に身をゆだねはしなかったのに、スコットはそうしたと思いこんでしまった。そして最も恐れていたことが起きた。サラを失ってしまったのだ。

愚か者め、まだ失ってはいない。理性の声が叱咤《しった》した。頭を使え。

スコットは女性が話し好きなことを知っていたが、彼の育った環境ではそれは重要ではなかった。父が口を開くのは、何かを説明するときか知識を授けるときだけだった。スコットは父の過去についてはわずかしか知らなかった。率直に言って、そのことを気にすることもなかった。

だが、女性は違う。自分の関わるすべての人について何もかも知っていないと気がすまないらしい。スコットはそうしたことを徐々に知るようになった。サラとつき合う前にもガールフレンドはいた。けれど彼はありのままを話したりしなかったし、サラもそのことは理解しているようだった。ところがいまは明らかにスコットの口数の少なさが気に入らないようだ。彼が話したくない話題、つまり過去について話す時機が訪れたようだ。

しかしその前に、なぜ急いで彼女と結婚したのかを、答えなければならなかった。

「もし身も蓋もないほど正直に話してほしいのなら……」スコットは話しはじめた。「二十四時間ずっと、きみのすべてをぼくのものにしておきたかったからだ。当時は、きみが男性について用心深い理由を知らなかった。だがきみはぼくと同居したり、ぼくの愛人になったりするタイプの女性ではないとわかった。それで進むべき道は結婚しかなかった。それもできるだけ早く。さっきも言ったように、ぼくはきみに夢中だったんだ、サラ。きみに対して感じたようなことをそれまで一度も感じたことがなかった。何もかもきみに正直に言うなら、母について忌まわしい真実を発見したあと、ぼくは女性があまり好きではなくなった」

「あなたのお母さん？」サラはびっくりして尋ねた。

「そうだ。母はぼくが赤ん坊のときに死んだのではない。それは真実を隠すための嘘《うそ》だったんだ」

サラは思いもかけない話にひどく驚き、背筋を伸ばした。

「父と結婚さえしていなかった」スコットは続けた。「母は父が金を見つけたときに知り合った女性だった。お金がなくなると、二人の関係は終わり、父は再び奥地に出かけた。子供ができていることに気づきもせずに。ともかく、長い話をつづめて話すと、二年後に父は再びブラックオパールを発見して舞い上がり、母を捜した。母は、ニューサウスウェールズ州北部に近いヒッピーのコミューンのようなところで暮らしていた。父は、自分とそっくりのよちよち歩きの子供が素っ裸で前庭を走りまわっているのを見たとき、どんなに驚いたか。一方、母は家の中でマリファナを吸って朦朧《もうろう》としていた」

「あきれた！　それで、お父さんはどうしたの？」

「母に金を渡し、ぼくを連れ去った」

「お母さんは抵抗しなかったの？」サラは母親がそれほど簡単に我が子を手放すとは思えなかった。

「好きにしていいと父に言ったそうだ。まったく手に負えない悪ガキだし、そもそも子供は欲しくなかった、とね」

「まあ……スコット」サラは同情し、悲しそうに言った。

「かわいそうだと思う必要はない」彼は淡々と言った。「母のことを覚えていないし、寂しいとも思わない。父はすばらしい父親だった。少し型破りな方法だったが、死ぬほどぼくを愛してくれたし、ぼくも同じように感じていた。ぼくが大人になって理解できるようになるまで、父は母の話をしなかった」

サラは涙をこらえるのに必死で、何も言えなかった。

「数年前に母を捜したことがある」スコットは続けた。「好奇心からね。だが母は十年以上前に死んでいた。薬の過剰摂取だろう。不思議なことに、母を知っていた麻薬中毒の年寄りが言うには、父がぼくを連れ去ってから、母は変わったそうだ。すっかり生気を失ってしまったのだと。母なりにぼくを愛してくれていたのかもしれない」

「きっとそうね」サラは慰めるように言った。

スコットはそうしたことには疎かった。女性はロマンチックに考えるのが好きなのだろうが、彼としてはいつまでも過去に浸っていたくなかった。

「もう充分だ」スコットはやや鋭い口調で言った。「古傷を蒸し返しても無益だ。いま、この瞬間に集中しよう。二人でいることと、次の料理を楽しもう」彼はテーブルに運ばれてきた料理に目をやった。

　二人はバラマンディを楽しんだが、サラはまだ少し悲しげだった。メイン料理のときも、彼女がまったくワインを飲まなかったので、スコットはがっかりした。抗生物質と一緒にアルコールを取ってはいけないことは知っているが、ワイン一杯くらいなら大丈夫だ。ワインは彼女をリラックスさせ、いい気分にさせる。もちろん、もう一つ彼女をリラックスさせる方法がある。

「デザートは飛ばしてもいいな」スコットは目を輝かせ、テーブル越しに彼女を見た。彼の意図は明らかだった。

14

　サラは顔を赤らめまいとした。けれど、どうしようもなかった。スコットが彼女にみだらなことをしているところを想像するだけで、胸から首、そして顔まで熱くなった。鼓動が速くなり、口の中が乾いていく。

「わたしを興奮させようとしているの、スコット？」

「成功したかな？　正直になるんだ」

「そうよ」サラは息がつまった。

「それなら行こう」

「わたしたちのアパートメントに戻るつもりはないわ、スコット。いまはまだ」

「そうは言っていない。今夜はコーリーの家でいい」

サラは勝ち目のない戦いをしていると自覚していたものの、やすやすと屈したりはしなかった。「いまごろコーリーが誰かを連れて帰っているかもしれない」

「ありえないな。彼はメルボルンで開かれている会議に出ている」

サラは息をのんだ。「どうして知っているの？」

「今日の午後、彼がメールで知らせてくれたんだ。どうやら正直なきみの記憶から抜け落ちていたらしい」

サラは歯をきしらせた。「許せない」

「彼にキスをしたいね」

「まあ、本当？」サラは眉を上げて言い返した。「彼を愛しているとは知らなかった」

スコットはにやりとした。「ぼくもだ。この一週間、妻が夫婦の義務を怠っていたからじゃないかな」

その厚かましさにサラは彼をにらみつけた。だがすぐに口元に笑みを宿し、声をあげて笑った。「二人がかりでは、わたしに勝ち目はないわね」

「そのとおり。さあ、勘定を払って出よう」

「その前に化粧室に行かないと」

　スコットは優しくにらんだ。「また先延ばしにする戦術か？　裏の窓に向かって突進するつもりじゃないだろうな？」

「それは名案かも」サラは本当にそう思った。スコットと体を重ねてもなんの解決にもならない。二人にはもっと話すことがある。

　しかしこみ上げる欲望は否定のしようもなかった。今夜はスコットにひと晩じゅう愛してほしかった。あの熱くて激しい場所にもう一度連れていってほしい。次なるクライマックスと目がくらむような喜びだけを気にかけていればいい場所に。そう、あの金曜日の夜に連れていかれた場所だ。サラはもう一度そこに行きたくてたまらなかった。

　立ち上がった際にふらつき、サラはよろけるような足どりで化粧室に向かった。手を洗いながらも、鏡の中の自分を見ることができない。何が見えるのか恐ろしかった。おそらくわたしの母が見えるに違いない、とサラは思った。外見はわたしと似ているけれど、夫のこととなると、母はまったくと言っていいほど自分の意志を持っていなかった。

　母のようにはならない、とサラは化粧室を出ながら改めて思った。決してならない！

　スコットは勘定をすませ、サラを待っていた。時間を無駄にすることなく、彼女を外に連れ出し、レストランの客用の小さな駐車場に入った。背中に彼の手を感じるや、サラの背筋を震えが駆け抜けた。

　帰途の車中、二人は口をきかなかった。彼の満足そうな表情や欲望を見るのがいやで、サラは彼のほうを見もしなかった。自分の欲望を制御するだけで精いっぱいだった。

　今回、スコットは運よく、コーリーの家の近くに車を止めることができた。

「少し寒いな」彼は玄関に入るなり言った。

「コーリーはエアコンをまだ入れていないの」サラが言った。「リフォームする際に入れるらしいけれど、遅れているの。でも、小さいけれどすばらしいヒーターがあるわ」サラはスコットを居間に案内した。

「それにすばらしく大きなソファも」スコットはサラを抱き締め、キスをした。優しいキスではなかった。激しく熱い渇望のキスで、一週間のあいだ二人が感じていた欲求不満を映していた。

　サラは彼の舌を激しく求め、熱烈に受け入れた。スコットが顔を離すと、不満のうめき声をあげた。

「心配するな」スコットがなだめた。「ぼくも同じように感じている」

　サラは彼から離れてヒーターのスイッチを入れた。それからソファの上にあるクッションをいくつか取って、ヒーターの前の厚く毛羽立った敷物の上に投げた。興奮したティーンエイジャーのようにソファの上で抱き合うつもりはなかった。

「いい考えだ」そう言ってスコットはジャケットを横に放り、再びサラを抱き寄せた。

荒々しいキスが始まると、彼に抱かれるのはよくないかもしれないという懸念は跡形もなく消え、これこそわたしが欲しかったものだという思いが湧いた。

「きみは服を着すぎだ」顔を上げたスコットはぶつぶつ言った。

「そうね」サラはかすれた声で応じ、彼のシャツのボタンを外しはじめた。

スコットは声をあげて笑い、シャツを頭から脱ぎ、彼女が触れられるようにみごとな胸をあらわにした。

そしてサラは触れた。肌を指の爪でこすりながら、厚い胸板の中ほどを覆うセクシーな巻き毛の中へと滑らせた。指先が彼の乳首の上を通るや、スコットは動物じみたうめき声をあげた。同じことを繰り返すと、彼はサラの手首をつかんだ。

「やめたほうがいい」彼がつぶやく。「きみはぼくにひどいことをしている」

「まあ、うれしい」サラは手の代わりに唇を使った。

「きみは魔女になった」スコットは再びうめいた。「だが気に入った」

サラは顔を上げた。スコットが欲しいから

といって、彼のものだとまた思わせたりはしない。「これは愛ではないのよ、スコット。ただの欲望よ」

「それは見解の相違というものだな。だが、正直に言ってほしいなら、それがなんであれ、ぼくは気にしない。これまでにないほどぼくはきみが欲しい。そして二十秒以内にきみをぼくのものにできないなら、ぼくは爆発してしまう」

スコットは口を閉じ、ぎこちない動きでサラの服を脱がせ、敷物の上に横たえた。それから彼女の体を眺めながら、自ら着ているものを脱いだ。今度はサラが彼を眺める番だった。

スコットは男性そのものだ、とサラはあえぎながら思った。大柄で、威圧的なほど力強い。サラは彼の情熱のあかしを見つめた。どうしてあんなに大きなものがわたしの中に入ることができるのだろう？　でも、彼はいつもわたしにぴったりだった。本当にすばらしかった。動かなくてもわたしにこのうえない喜びを与えてくれた。

でも、動いたときには……。

彼は先日と同じようにいっきに彼女を貫いた。何もかもがまたたく間に起こった。二人ともすぐさまクライマックスを迎え、激しく身を震わせながら、あっという間に至福の楽園へと飛び立った。

「ああ、サラ……」

　スコットがうめき、彼女の上にくずおれると、その重さにサラはうめき声をあげて抗議した。

「すまない」スコットは傍らに横たわって謝った。まだ息が切れている。「押しつぶすつもりはなかった。呼吸が戻ったら、一緒にシャワーを浴びよう。もっとおもしろいことを教えてあげるよ」

「もっとおもしろい？」サラは興奮した口調にならないように注意しながら繰り返した。

「きみはそれを望んでいるんだろう？　それとも、いままでと同じやり方のほうがいいのか？　電気を消してシーツをかぶるほうが」

　サラはたじろいだ。まさか、それほど退屈だったわけではないでしょう？

　退屈ではなかったけれど、いまほど奔放でもなかった。セックスに関する限り、サラはスコットにノーと言ったためしはないが、消極的なパートナーだった。経験がないので、自信が持てなかったからだ。すべてをスコットに任せていた。彼はサラが内気すぎると思っていたかもしれない。彼と一緒にシャワー室に立ち、全身を彼に洗わせる——そんなことを考えるだけで、サラは困惑した。

　そんな彼女を見て、スコットはほほ笑んだ。

「きみの目がそんなふうにくすんだようになるのが好きだ。先週の金曜日のことできみが腹を立てたことはわかっている。だが、セックスは最高だっただろう？　きみはすばらしく、そして少しみだらだった。ひどく興奮したよ」

「みだらなのはあなただったわ」サラはなんとか欲望のせいで気持ちが弱くなるのを止めようと、あえて言い返した。

スコットは笑った。「なんてきみは純真なんだ！　それこそきみに惹《ひ》かれるところだが。だからきみに恋をしたんだ。きみは、それまでぼくがつき合った女性たちとは違った。ほかの女性に対して結婚したいという気持ちが起きたことは一度もなかった」

サラは片肘で体を支え、スコットを見下ろした。「わたしがバージンだったから結婚したと言っているの？」

「それも一つの要因だが、何よりもきみを守ることができる立場にいたかった」

「わたしを守る？」

「きみみたいな魅力的な女性は、この世界に無数にいる悪い狼《おおかみ》から守ってくれる保護者が必要だ」

確かにスコットと一緒にいると、とても安全だと感じた。つい最近までは……。

「いささかしゃべりすぎだな」スコットはふいに起き上がった。「さあ、シャワーを浴びに行こう」

15

サラはスコットに導かれ、暖かい居間から寒い廊下に出てバスルームに入った。コーリーは家事にかけては細部までこだわるので、とても清潔だ。スコットはすぐに壁の小さなヒーターのスイッチを入れ、続いてシャワーの栓を開いた。

「二人で使うようには作られていないな」スコットはそっけない口調で言い、水が温かくなるのを待った。

「シャワーカーテンは、な、ないわね」サラの歯がかちかち鳴りだした。

スコットはおどけたような顔をし、鳥肌が立った彼女の腕を大きな手でこすった。「いますぐ家に帰るというのはどうかな。快適なシャワー室を完備した家に。ダクト付きのエアコンに、シャワーヘッドも二つある」

「そそのかさないで」サラは答えた。

「だめか?」

「ええ」

「そのうちか、頑固ちゃん。そのうち……」

サラの美しく青い目が大きく見開かれた。

スコットはショックと興奮が入り混じったそ

の目が好きだった。この新しいセクシーなサラは内気なバージンのサラよりもいっそう彼を魅了した。生涯の官能的な喜びを約束してくれた妻。その妻が本気で去っていくなんて、スコットは信じなかった。くだらない誤解が原因で彼女が二人の関係を壊すとは思えない。

確かに、信頼しなかったことでスコットは彼女をひどく傷つけた。けれど、きっとサラは許してくれる。もし彼女が自身の行動について考え直していなければ、今夜の食事には来なかったはずだ。ぼくを愛していないなら、セックスはしなかっただろう。サラは自分を突き動かしているのは欲望だと思いこんでいるが、ぼくの考えは違う。

それは愛だ。ずっと愛だった。スコットは確信していた。彼女のあとから熱い湯の下に入りながら、どんなことをしても愛する女性を家に連れて帰ると固く決意した。

スコットが仕切りを閉めると、こぢんまりとして居心地のいい空間になった。頭上から降り注ぐ湯から逃げる場所はどこにもなく、サラの髪は頭に張りついた。濡《ぬ》れた髪を顔から押しやるために腕を上げる隙間もない。

「まあ！」スコットが彼女を後ろ向きにし、情熱のあかしをヒップに押しつけてくると、たまらずにサラはあえいだ。

「その石鹸《せっけん》を取ってくれ」彼はぞんざいに

言った。

壁に作られた石鹸入れに伸ばしたサラの手は震えていた。彼が何をするつもりかも、彼を止めることができるのかもわからなかった。

スコットが石鹸を彼女の胸の先端にこすりはじめると、サラはまたあえいだ。ああ、なんてすばらしいのだろう。鼓動が速くなり、喜びのうめき声をあげまいとしたが、無駄な努力だった。

「気に入ったかい？」スコットが彼女の耳もとでささやく。

「ええ……」サラはそう答えるのがやっとだった。

「だが、次に進まないと」

スコットが石鹸を腹部へと滑らせると、サラは鋭く息を吸った。彼がさらに石鹸を下へと滑らせれば、すぐにでも絶頂に達してしまいそうだ。しかし、スコットはいちばん敏感な部分を避け、さほど感じやすくない場所に移った。それでもサラはひどく緊張し、体じゅうが期待にこわばった。

「ああ、神さま」サラは思わず声を出した。

「今夜はお祈りをしても無駄だよ」スコットは言い、彼女の体の向きを変えた。「今度はぼくに同じことをしてくれ」

石鹸をサラに渡すと、スコットはタイルの壁にもたれ、サラが彼の指示に従えるように隙間をあけた。

サラは彼にされたことをそのまま彼にした。彼の胸に石鹸をこすり、乳首を愛撫《あいぶ》した。そこは小さいけれどしっかりと硬くなり、彼女と同じように敏感だった。やがてスコットの口から低く荒々しいうめき声がもれはじめた。とてもセクシーで、サラはいつまでも聞いていたかった。

サラは彼の胸から手を下ろし、固い腹筋から情熱のあかしの先端へと漂わせた。石鹸でこすりはじめるや、彼は毒づき、彼女の手をつかんだ。

「いけない？」サラはいたずらっぽく尋ねた。目は彼の目と同じように興奮にきらきら輝いている。

「ああ、だめだ」スコットはぴしゃりと言い、シャワーの栓を止め、仕切りを開けた。乱暴に開けたせいでがたがた揺れる。

「でも、したいわ」彼がタオルに手を伸ばすと、サラは抗議した。

「ぼくもきみにしてほしかった」スコットはタオルを彼女の手に押しつけ、もう一枚は自分で持っていた。「だが、きみのために立てた別の計画がある」

サラは身震いし、欲望で頭がくらくらした。

彼はセクシーな笑みを浮かべてサラをいざなった。「行こうか？」

下の階の居間に戻ると、部屋はとても暖かくなっていた。スコットは時間を無駄にすることなく、彼女を敷物の上に引き下ろし、自分も隣に横たわった。

スコットは大柄の男性にしてはすばやく動いた。サラが驚く間もなく、彼は彼女の体を引き寄せ、先ほどまで石鹸があった場所に口を押し当てた。彼の唇が敏感になった彼女の芯を含むと、サラは叫び声をあげ、やがてなすすべもなくのぼりつめた。今度の彼女の叫び声にはいくらかの怒りが混じっていた。のぼりつめたくなかった。崖の縁から飛び立ちたくなかった。

しかし不思議なことに、そうはならなかった。確かにしばらくのあいだは、絶頂のあとの気だるさを感じたが、スコットが胸の頂にキスを始めると、気だるさは消え、また体が目覚めた。なんてすばらしいのだろう。しばらく彼はサラの胸のふくらみを責《せ》め苛《さいな》むと、あえぐ彼女の口に舌を差し入れ、同時に手で頬を包んだ。長いゆっくりとしたキス、親密で愛情深いキスだった。サラは信じられないほど興奮すると同時に、信じられないくらいに感情が高まった。

これは単なる欲望ではない、とサラはスコットをぎゅっと抱き締めながら悟った。これは愛だ。本当に、永遠に続く愛だ。これまでなぜ気づかなかったの？

ようやく彼がキスをやめると、サラは上気した彼の顔を見上げた。「愛しているわ、わかるでしょう」彼女は言った。すっかり感傷的な気分になっていた。

「そう願っているよ」スコットは言い、苦笑した。

「あなたも言わないの、わたしを愛しているって？」

「もう充分すぎるほど言っていなかったかな？　本当だとわかってもらうのに何度言わないといけないんだ？　愛しているよ」

何度もよ、とサラは幸せを噛《か》み締《し》めながら思った。わたしを駆り立てているのは愛情だ。わたしたちの性行為を楽しくて刺激的なものにしているのは単なる欲望ではないのよ。

わたしがすることをスコットは気に入っている。サラはもうわかっていた。率直に言うなら、これほど大きくて硬い彼を見たのは初めてだった。

最初は先だけ、それから残りへとサラが頭を下げると、スコットの喉から息がつまったような声がもれた。数センチだけ含み、頭を引いてからまた繰り返す。しだいに深く口に含んでいったが、彼は降伏しないと決めたらしく、鉄のような自制心にサラはいらだちを覚えた。しかし、やがて彼は絶頂に達し、サラの口の中で震え、傷ついた動物のように叫び声をあげた。

16

五分後、スコットは心地よい苦痛を味わっていた。サラが彼の上になると言ってきかなかったからだ。

彼女が何も身につけず奔放に自分にまたがっている光景は、とんでもなくスコットを興奮させた。いますぐ彼女がやめなければ、あっさりのぼりつめてしまいそうだった。

スコットは苦痛と快感が入り混じったうめき声をあげた。「くそっ、サラ」

「ごめんなさい。痛かった？」

「どうにかなりそうだ。動かずに、しばらく話をしてくれないか」

「話をするのは好きじゃないでしょう」

「いまは好きだ」

サラは怒ったようなため息をついた。「でも、わたしはとても楽しんでいたのよ。どうすればちょうどいいのか、やっと学んだところなのに」

「ぼくと家に帰れば、いくらでも練習する機会はある」

「もしあなたと一緒に帰れば、でしょう？」

サラはいたずらっぽく言った。

まったく、サラはどんなに我慢強い人間で

も怒らせようとする！　いまのところ、すばらしいセックス以外、物事はあまりうまくいっていない。問題は、何も身につけていないサラが実にすばらしいことだ。

ほっそりした肩から細いウエスト、腰とヒップの柔らかなふくらみまで、サラの体はすべてが完璧だ。それから、しなやかでなめらかな腿、腿のあいだの心地よい場所。そしていまその場所は熱く潤った深みにぼくを閉じこめている……。

ああ、考えないほうがいい！　早くも達しそうだ。

「体をくねらせるのをやめて、話をするんだ」スコットは乱暴な口調で命じた。

「まったく」サラは舌打ちをし、腕を上げて乱れた髪を頭の上で一つにまとめた。そのせいで、頂が固く突き出た美しい胸のふくらみがせり出した。わずかに腰も浮いている。スコットは声をあげまいとした。

「で、わたしに何を話してほしいの？」

「どうやってコーリーと親友になったのか話してくれ」

「コーリー？」

サラは戸惑ったようだった。スコットは彼女とコーリーの友情にまったく嫉妬はしていなかった。それどころか、とてもすばらしいと思っていた。ただ単に、興味を引かれて尋ねたのだ。

「コーリーのことはもう話したでしょう。わたしたちは大学で出会い、そして共通の趣味を持っていた」

二人の友情の始まりについて、彼女が少し説明しにくそうにしているのがスコットにはわかった。

「ある時点ではきみたちは友だち以上だった気がする」

サラの頬が後ろめたそうに赤くなった。

「正直になるんだ、サラ」スコットは言った。

「わかったわ。本当のところ、最初はわたしが彼のことを気に入ったの。つまり、彼は魅力的で、その当時、わたしのホルモンは過去を喜んで無視した。彼にデートに誘われると、わたしはイエスと即答したわ。そして彼のフラットに行こうと誘われ、わたしはためらうことなくついていった」

「彼がゲイだと知らなかったのか?」

「これっぽっちも。わたしが彼のことを魅力的だと思っているように、彼もわたしのことを魅力的だと思っているように振る舞っていたから」

「それで彼のフラットに行って、どうなったんだ?」

「大したことは何も。わたしたちは何度かキスをした」

「彼のキスが気に入ったのか?」

「そう思った。まだあなたのキスを経験していなかったことをお忘れなく。いまでは、コーリーのキスはミネラルウォーターで、あなたのはシャンパンだとわかっているわ」

彼女の褒め言葉にスコットの自尊心は満たされた。

「それでどうなった?」スコットはなおも尋ねた。

「わたしたちは寝室に移動し、服を脱ぎはじめた」

「そして?」

「彼はそこで泣きだし、すまないけれどこれ以上は進めないと言い、ゲイであることを告白したの。両親に嫌われるのではないか、人生がめちゃくちゃになるのではないかと、コーリーは心配していた。それで、もしこの世界で自分をノーマルにしてくれる女の子がいるとしたら、それはわたしだと思ったそうよ。でも、そうはならなかった。彼はわたしとのキスさえ好きではなかったし、わたしと一つになることもできないと悟った」

「だろうね。それで、きみはどうした?」

「わたしは泣きたい気分だったけれど、コーリーは二人のために最善を尽くした。だからわたしは彼を抱き締め、次の日にコーリーと一緒に彼の両親に本当のことを話しに行くと言ったの」

「それで本当に行ったのか?」

「ええ、もちろん。ご両親は大丈夫だった。

そうかもしれないと思っていたと言ったわ。結局、その日は彼の家族と過ごした。みんな意気投合して、それ以来、わたしたちはいい友だちになった」

「なるほど。それできみのホルモンはどうなったんだ？」スコットの好奇心はますます大きくなった。「とうとう活発に働きだしたのか？　完全に死滅したわけではなかったようだな」

「そうみたい。でも、まだ誰かのベッドに飛びこむ準備はできていなかった。相手の男性は、見た目も魅力的で、信頼できる人でなければだめだった。本当に気をつけて見ていたのよ。でも、誰ひとり条件を満たす人はいなかった。あなたが現れるまでは……」

スコットの心臓が跳ねた。ほかのものも動いた。彼の下腹部は眠ってしまったわけではなかった。「なぜきみがそれほどぼくを魅力的だと思ったのか、いまだにわからない。ぼくのような大きくて醜い獣を」

サラが浮かべた笑みは、まさにモナリザのほほ笑みだった。「あなたは醜くなんかないし、それは自分でもわかっているでしょう。でも正直に言うと、わたしにもよくわからないの。あなたはわたしが思い描いていた初恋の人とはまったく違う。大きすぎるし、ずいぶん年上だし、あまりにも威圧的だわ。わかっているのは、初めてあなたを見た瞬間からあなたが欲しかったということ」

「ぼくはきみのものだ」スコットはかすれた声で言った。死が二人を分かつまで、とスコットは願った。「もうおしゃべりはいい。充分に自制心を働かせた。だから、きみの思いどおりに、みだらなことをしてくれたらいい……きみが望むなら」

「そう望んでいるわ、ご主人さま」彼女はセクシーな笑みを浮かべ、再び彼を苛《さいな》みはじめた。

スコットは歯を食いしばり、今度こそ彼女より長くもたそうと決めた。

スコットが目を覚ましたとき、あたりはまだ暗かった。固い床の上で寝たので、背中が少し痛い。大柄な男にとって敷物はクッションにはなってくれなかった。サラが彼の上で眠っているときは特に。

いまの彼は快適な生活に慣れていた。エアコンのきいた部屋で、柔らかく大きなベッドに寝るのに慣れていた。サラもそうだろう。彼女は物質的には不自由のない暮らしをしてきた。彼女が多額の金を持っていると言ったときには驚いた。だが、うれしい驚きだった。ぼくの経済的な成功は彼女の気持ちに影響を与えていなかったのだ。初対面のときからぼくに恋をしたという彼女の言葉を、ぼくは信じた。一週間前は、それほど確信は持っていなかったが。

今夜、ぼくはどんなにサラを愛しているか、思い知った。サラがぼくを愛したときに感じたのは、愛以上のものだった。もはや彼女のいない人生は考えられない。だが、すべてはよい方向へ進むという自信が芽生えた。ただ、二週間の中断についてはサラは折れそうにないが。それでもぼくは耐えられる。いまは希望があるから。

さしあたり、ぼくたちは適当なベッドに移る必要がある。この一週間、サラは二階の客室で寝ていたのだろう。

スコットはサラを抱いて狭くて急な階段をなんとかのぼっていった。彼女を起こさずにすんだものの、彼女はわずかに身じろぎをして、彼の首に鼻を押しつけた。そして、夢の中で何かつぶやいた。

部屋の状態にスコットはびっくりした。ベッドは服で覆われ、部屋は寒々としている。なんとかサラをベッドに寝かし、それからコーナーチェアの上に急いで服を積み上げると、ベッドに飛びこんだ。すると、サラはすぐに体をすり寄せてきた。彼女の体はとても温かかった。これほど疲れていなければ、サラを起こし、また愛撫《あいぶ》を始めたかもしれない。だが、今夜はもう何度も愛し合った。すっかりくたびれ果てるまで。

17

「サラ！　サラ！」

スコットが彼女の体を揺すり、怒ったような声で名前を呼んでいる。サラはまだ、温かい厚手のキルトにくるまり、夢見心地で目を閉じていた。

「話がある、くそっ」

彼の罵りの言葉は効き目があった。サラが目を開けると、スコットが裸でベッドの傍らに立ち、彼女をにらみつけていた。腰にタオルを巻いているだけだ。シャワーから出てきたばかりらしい。手には彼女が不注意にもバスルームのキャビネットに置きっぱなしにしていた妊娠検査キットを握り締めていた。

サラは息をのんだ。「何？」甲高い声が喉から飛び出す。

「これはなんだ？」スコットは彼女に向かって箱を振りながら問いただした。

またも彼が間違った結論に飛びつくかもしれないと思うと、サラは吐き気を催した。

「妊娠検査キットよ」サラはさりげない口調で答えようと努めた。

「そのとおり」スコットはおどけたように言った。「字は読めるわけだ。コーリーのものでないということは二人とも知っている。だからきみが買ったものだとしか思えない。ぼくが知りたいのは、なぜこれがここにあるかということだ。一日か二日かピルをのみ忘れるかして、妊娠する可能性があったということか?」

「そういうことではないの」サラは答え、シーツで裸の胸を覆いながら、ゆっくりと半身を起こした。「つまり、一日か二日か、のみ忘れたわけではないの。もうかなりのあいだ、服用していない」

スコットはいっそう眉根を寄せた。「なぜだ?」

それが真実だという以外、サラにはどう答えていいかわからなかった。

「気のゆるみ、安心、無頓着……。わからないわ。先週の土曜日も気づいていなかった。ピルのことはまったく頭になかった。月曜日にあなたがそのことを口にして、ようやく思い出したの。わたしが気を失いそうになったのを、覚えている? 自分のばかさ加減にどれほどショックを受けたか。それに、嫉妬と復讐《ふくしゅう》の行為の果てに妊娠したことを喜ぶこともできなかった。その前にたった数分で終わらせた、欲望に突き動かされたセックスにも」苦々しげにつけ加える。「それからは生理が始まるまでピルをまたのむのは意味がないように思えて」

「まだ始まっていないんだな」スコットは両手で持った箱を振りながら言った。

「ええ」サラは惨めな思いで答えた。

「妊娠しているのか？　検査はしたのか？」

「いいえ。検査をするには早すぎるの。検査キットは衝動的に買ってしまっただけ。検査結果を確かなものにするにはもう一週間は待たないといけないって、お医者さまに言われたわ」

「鼻炎の抗生物質を処方してもらったと嘘《うそ》をついたときの医者か？」彼は辛辣な口調で言った。

　サラは後ろめたい思いに赤面した。「なぜ夕食のときにお酒を飲めないか、何か言うべきだったわね。シャンパンが大好きなことをあなたは知っていたから」

「そうだな。豊かな想像力を働かせて作り話をする前に、きみはぼくに本当のことを話すべきだった」スコットは怒りに目を光らせ、噛《か》みつくように言った。「妊娠しているかもしれないと気づいたあと、きみがどうしてすぐにぼくに話さなかったのか、わかる気がする。きみはまだぼくに対して腹を立てていた。だが、昨夜そのことを話してくれなかったことが許せない。夕食のあいだ、ぼくたちは正直さや信頼について話した。あれはすべて戯《たわ》言《ごと》だったのか？　ぼくたちのあいだには欲望しかなかったときみは言った。それが正しかったのだと思いはじめている。少なくとも、きみにとっては」

サラはスコットの冷たい物言いにたじろいだ。「わかってちょうだい」彼女は懇願した。「妊娠しているかもしれないことを話さなかったのは、わたしを連れ戻す武器として使ってほしくなかったからよ」

彼女は言ったとたん、しくじったとわかった。

スコットの目はさらに細くなり、上唇は軽蔑の念にゆがんだ。「それはとんでもなくひどいことだな？」皮肉を込めた辛辣な口調だった。「妻が自分の子供を妊娠したかもしれないから、家に戻るように頼むだって？　なんとおぞましい。もうそんな心配をする必要はない。ぼくはきみに戻ってきてほしいとは思わない。もし本当に妊娠しているとわかったら、そのときはまた考えよう。けれど、いまはきみの顔を見たくもない！」彼はそう言うなり、検査キットをベッドに放り投げ、勢いよく出ていった。

サラは茫然《ぼうぜん》と立ち尽くし、スコットが大きな音をたてて階段を下りていくのを聞いていた。心臓は早鐘を打ち、頭はくらくらした。

先週の土曜日にわたしがしたように、彼を去らせることはできない。心から彼を愛していること、彼に嘘をついて悪かったと思っていることをわかってもらわなければ。心底すまないと思っていると。ピルをのみ忘れ、妊娠したかもしれないことを、すぐに話すべきだったと。

ベッドを飛び出し、スコットのあとを追って階段を走り下りるサラの顔を、あふれる涙が濡《ぬ》らした。

「来るな、サラ」スコットは彼女を見もせずに言い、服を着ることに専念した。

「いいえ！」サラは喉をつまらせながら言った。「わたしの言うことを聞いてくれるまで、あなたを行かせない」

ようやく彼はサラのほうに顔を向けた。怒りに頬が紅潮している。「ぼくが聞きたいことなど何もない」

「スコット、お願い……」サラは両手で頬の涙を拭った。「ごめんなさい」すすり泣きながら懸命に言う。彼女は肩を震わせ、涙で曇った目で彼を見た。「行かないで、スコット。愛しているの。ずっとあなたを愛していた。あなたにピルのことを話したかったけれど、怖かったのよ」

「何が？」

「母のように精神的に混乱してしまうことが怖かった。あなたがわたしを愛していないのが明らかになることや、わたしがあなたの子供を身ごもったからわたしと一緒に暮らすと言いだすことが」

ふいにスコットの表情が和らいだ。「ああ、サラ、どうしてそんなことを考えるんだ？　赤ん坊はすばらしい。だが赤ん坊のせいできみへの愛情や情熱が左右されることはない。ぼくが結婚したのはきみなんだ、サラ」

　スコットはシャツを落とし、彼女を優しく抱き寄せて、震える彼女の体を自らのぬくもりで温めた。「きみを家に連れて帰る頃合いだな」彼はつぶやき、サラの髪をそっと撫《な》でた。「きみはどう思う、サラ？」

「ええ、お願い」サラは夫の裸の胸に顔をうずめて泣いた。

「もう何もかも大丈夫だよ、サラ。ぼくを信頼してくれ」

18

　サラの荷物を全部収容できる二台の車があってよかった、とスコットは思った。それにしても、ハッチバックとはいえ、どうしてサラの小さな車に何もかも詰めこむことができたのか、不思議でならない。彼女の車は満杯で、彼の車の後部座席は服で覆われ、助手席には靴の箱が積まれている。幸い、昨夜はコーリーの家の近くに駐車場を見つけることができた。さもなければ、積みこむのにかなりの時間がかかっただろう。

「出発の用意はできたか？」スコットは車のそばに立つサラに声をかけた。彼女は何か忘れ物でもしたかのように眉をひそめている。

「一つ取ってこないといけないわ」

「いいよ。ぼくはここで待っている」

サラが忌むべき妊娠検査キットを手に戻ってくるのを見て、スコットはもう少しで和解の機会を台なしにするところだったことを思い出した。また血圧が上がった。だが、サラがキットを自分の車に入れたとき、スコットは必死に自制し、口をしっかり閉じて何も言わなかった。

二人がそれぞれの運転席に乗りこむと、スコットはサラと別の車だったことにほっとした。こうしていれば、彼女を刺激するようなことを言わずにすむ。

それに、いろいろ考えるいい機会だ。

あんなふうに癇癪《かんしゃく》を起こすのはぼくらしくなかった。普段はもっと冷静だ。緊迫した状況にあっても平静を保てることを自慢に思っていた。父は穏やかで、我慢の限界に達するまで大声を出したり暴力的になったりすることはなかった。ただ、ろくに面倒を見てもらっていない秘密の息子――ぼくの存在を知ったときは、激怒したという。虐待されている子供など見たくない。それが我が子ならなおさら。

スコットは、自分は父親そっくりだとずっと思っていた。彼も見苦しいほど怒りを爆発させたりはしない。だが、いまいましいことに、例の写真が送られてきてからというもの、ひどい試練にさらされてきた。

レイトンのオフィスにいたとき、ぼくはひどく苦しんだ。そしてサラのきわめて感情的で、ときには意固地な行動にも苛《さいな》まれた。今朝、彼女が嘘《うそ》をついていたことに気づくと、ぼくは激怒した。昨夜の夕食時に信頼と正直さについて語っていた彼女が嘘をついたのだ。それでもあとになって考えると、彼女が妊娠の可能性についてなぜぼくに話さなかったのか理解した。先週の出来事ですっかり混乱し、そんなことはまったく頭になかったのだろう。とはいえ、いったん思い出したら、ぼくに話すべきだった。鼻炎にかかったとか、抗生物質を服用しているのでお酒は飲めないといった作り話などするべきではなかった。

彼女の創作力は称賛に値する。スコットの口から皮肉な笑い声がもれた。いつの日か彼女はすばらしい法廷弁護士になる。それは間違いない。そして、時機が来ればすばらしい母親にもなるだろう。彼女はすべてを完璧にこなしたがる。

自分もいい父親になるとスコットは思った。すばらしい手本を持っているのだから。実のところ、サラがピルをのみ忘れたことを困ったことだとは思っていなかった。赤ん坊は二人にとって望ましい存在だ。そのうち子供を作ろうとずっと考えていた。サラの仕事がもっと認められ、彼女が子供を産む心の準備ができたときに。

サラが狼狽《ろうばい》したのはそれが理由かもしれない。まだ親になる準備ができていないのだ。あるいは、ぼくにはできていないと思っているのだ。ぼくは仕事で家を空ける時間が長いから、そう思うのも無理はない。サラのことをないがしろにしすぎた。結婚生活をおろそかにしすぎた。彼女の存在を当然のことのように思いはじめていた。だからぼくが浮気をしていると彼女が思っても不思議はない。そして妻が浮気をしているとぼくが思ったのも。なぜサラが家を出たか、なぜ二人の関係について心配したのか、いまならわかる。

スコットはため息をついた。彼女にこのことを話すべきかもしれない。ぼくの欠点を認め、少なくとももっと彼女と話をして、将来は状況が変わると彼女を安心させるのだ。そしてもし妊娠していても、彼女さえよければ、ぼくは少しもかまわないと言い続けるのだ。問題は、こうした話題をどうやって会話の中にさりげなく割りこませるかだ。

車からサラの荷物を下ろすのを手伝っているとき、幸運にも話をする機会ができた。しかもうまく事を運んでくれたのは、サラが助手席の床に投げていた妊娠検査キットだった。スコットはそれを拾い、箱の後ろに書いてある説明を読みはじめた。

「こんなことが書いてある」スコットはできるだけ自然な口調で読んだ。「これはとても精度の高い検査で、早い時期から妊娠を検知します」

サラはため息をつき、彼の手から箱を取った。「ええ、もう全部読んだわ。薬局の女の子はこれは最高のものだと推奨したの。でもお医者さまの話では、次の生理予定日の前に検査をした場合、間違って陰性の反応を示すこともあるそうなの」

「そうならないかもしれない」スコットは反論した。「試してみよう。きみは次の生理日を正確には知らないんだろう？　とにかく検査をしてみるべきだ」

サラの美しい顔にたちまち不安が浮かび上がった。「したくないわ、スコット。わたしは先週のひどい口論のことをずっと考えているの。もしあの金曜日の夜に妊娠していたらどうしよう、怒りと復讐心《ふくしゅうしん》の中で赤ん坊を身ごもっていたらどうしようって。そんなのはいやだから、まだ知りたくない」

「きみの気持ちはわかるよ、サラ」スコットは安心させるように言った。「けれど、あの夜のことをもう一度考えてみるときかもしれない。あの日、ぼくたちは二人とも互いの愛情について不安を抱いていた。そして遠い昔から男と女が相手を自分のものだと主張してきた方法で、確かめようとした。つまりセックスで。あの日、ぼくはいつもより要求が多く、きみはいつもより挑戦的だった」

サラが眉根を寄せた。考えを巡らしているようだ。スコットが注意深く考えた言葉が彼女の心を揺さぶったのだ。

「まあ、そうね」サラはゆっくりと答えた。「ええ、それこそわたしがしたことだと思う。あなたが秘書のクリーオと関係を持っているのだと思いこみ、わたしはひどく動揺していた」

「あの写真を見たらぼくがどう感じるときみは思った？」スコットは精いっぱい穏やかな口調で尋ねた。

サラは顔をしかめた。「そうね……ひどい写真だった。男性ならみんなあなたと同じように振る舞うとコーリーは言ったけれど、わたしは聞く耳を持たなかった」

「聞くべきだったんだ、サラ。コーリーは頭のいい男だ。だが、あの金曜日の夜の出来事に話を戻そう。あれはすばらしいセックスだった。それは否定できないだろう。これまでの中で最高だった。昨夜も実にすばらしかったが」

スコットは顔を赤らめたサラが好きだった。バージンの花嫁はいまでもとても魅力的だ。

「信じてくれ」彼は続けた。「あの夜、ぼくは嫉妬と怒りを覚えながらも、きみをずっと愛していた。愛するのをやめたことは一秒たりともなかった！　もしあの夜に赤ん坊ができたのなら、愛情からできたのだ」

「まあ」

サラはそう言うなり、わっと泣きだした。スコットにとっては思いがけない反応だった。

彼はうめき声を抑え、サラを胸に引き寄せ、しっかりと抱き締めた。サラはしばらく泣いていたが、やがて泣きやみ、背伸びをしたかと思うと、彼の頬にキスをした。

さりげないキスにもかかわらず、スコットは感動した。昨夜の情熱的なキスよりも彼の琴線に触れた。許しに満ちたキス、そして純粋な愛に満ちたキスだった。欲望とはまったく無縁だった。

「ありがとう」サラは夫を見上げて優しくほほ笑んだ。「わたしもあなたを愛しているわ、とても。もう妊娠のことは心配していない。あなたがいま言ったこと――それがすべてを変えてくれた」

「そう願っているよ、サラ」妻があの夜に妊娠したことを本当にうれしいと思うかどうか、スコットは確信が持てなかった。サラが憂えるのはもっともなことだ。ロマンチックな夜だったとは言いがたい。彼の愛し方は粗野で、報復的だった。それは否定できない。だが彼の嫉妬に潜んでいた情熱と愛情は本物だった。紛れもなく。「きみを信頼しなかったことをまだちゃんと謝っていなかったな」

「もうやめましょう」サラはすぐさま応じ、たったいまキスをした頬にそっと手をあてがった。「愛とは決して後悔しないこと、って言うでしょう」

スコットは声をあげて笑った。「いままではあれは時代遅れの戯言《たわごと》だな。ぼくは土下座してきみに謝るべきだった。あの夜、ぼくは一線を越えてしまった。ぼくの行いを取り繕おうとするのはよくない」

「そうね。でも、もう何もかも忘れないと、スコット。わたしにはできる。本当に」

「本当に？」彼は繰り返し、からかうように笑った。

「絶対に」サラは答えた。「ここまで運転してくるあいだ、わたしはじっくり考えたの。その結果、わたしたちの結婚はとても幸せなものだと思えるようになり、一つ決心をしたの」

スコットは息をのんだ。「どんな決心をしたんだ？」

「車の中のものを全部二階に上げてしまったら、すぐに検査薬を試してみるって」

19

サラは自分の決心をスコットに伝えた瞬間に後悔した。けれどいまさら撤回できない。彼女は震える手で箱を開け、白いプラスチックのスティックを取り出した。恐ろしいものでも見るように凝視する。確かに、それはサラに何かを感じさせる恐ろしい力を持っている。だけど、いったい何を感じさせるというの？　幸せ？　不幸？　混乱？　いらだち？　あるいはそれらのすべて？

わたしは、陰性と陽性のどちらの検査結果を望んでいるのだろう？　スコットに愛されているということ以外、確かなものは何もなかった。

使用説明書に書かれていることを再確認し、その手順どおりに試した。だが、結果が出るのを待っているとき、サラは奇妙な感覚にとらわれた。軽いめまいがし、頭が混乱しているように感じた。もう一度すばやくトイレに座らなければならなかった。前かがみになって、落ち着くまで充分に待った。

それからスティックを見つめるうちに、顔から血の気が引いていった。

スコットは信じられないほど緊張し、サラがバスルームから出てくるのを待った。産科病棟で赤ん坊が生まれるのを待つ父親のように、寝室を行ったり来たりした。ようやくサラが姿を見せた。青白い顔をしていたが、泣いてはいない。ただ、ショックを受けているのは間違いなかった。

「どうだった？」スコットは何も言わないサラを促した。

「ええ」彼女はなんとか声を絞り出し、きっぱりとうなずいた。「ピンクだった。まさにピンクだったわ」

「やった！」スコットは叫び、満面に笑みをたたえて妻を見た。「よし！」

「赤ん坊ができるのよ」サラはびっくりしたように言った。「本当の赤ちゃんよ」

「そのようだな、サラ」スコットは彼女を抱き上げ、くるくるまわりながら久々に大声で笑った。

だが、しばらくしてサラが笑っていないことに気づいた。彼は妻を下ろして立たせると、顔をじっとのぞきこんだ。

「なんだかうれしくないように見えるが？」スコットは心配そうに尋ねた。「まだ動揺しているんじゃないだろうね」声が小さくなっていく。サラはまだあの金曜日のことに嫌悪感を覚えているのかもしれない。そう思うと、胸が締めつけられるようだった。

サラは顔を上げて何度か目をしばたたき、それからゆっくりとすばらしい笑みを浮かべた。「いいえ、もうそのことで動揺はしていない。あなたの言葉がすべてを変えてくれたと言ったのは、嘘《うそ》じゃない。これほど圧倒される思いがするなんて、考えもしなかっただけ。妊娠しているかもしれないと想像するのと、間違いなく妊娠したとわかるのとではまったく違うのね。女性は母親になることを夢に見るけれど、現実になると、少し怖い。いい母親になれるといいのだけれど」

「きみはすばらしい母親になる」スコットは請け合った。

「そう思いたい。でも……赤ん坊ができるということは大変なことでしょう？　あなたの人生が変わるのよ」

「いいほうにね」スコットは穏やかな口調で言った。「ぼくたちは家族になるんだ、サラ。ぼくたちは望みどおりの家庭を作ることができる。いまは、きみとぼくとこいつだ」

「こいつ？」サラは彼をにらみつけるふりをした。「わたしたちの赤ちゃんは〝こいつ〟ではないわ。男の子か女の子よ。それとも両方か」

「両方はありえない」スコットは笑った。

「双子ならありえるわ」サラは大きな声で反論した。

「まさか！　本当ならすばらしい。きみは多産系の妖婦なのか？」

「なんですって？　ああ、そうね」

「ちょっとびっくりしているようだな」

「そうよ、本当にびっくりしている」サラは血の気のなくなった額を手で拭った。「軽いめまいがしているの」

「朝食をとっていないからかもしれない。ジュースを持ってこよう。それを飲んだら〈ディノス〉まで歩いていき、お祝いの食事だ」

〈ディノス〉は二人の家にほど近い、しゃれたカフェで、一日じゅう最高においしいパンケーキを出している。二人は週末の朝食をよくそこでとった。しばしばランチにも出かけた。陽光が降り注ぐ晩秋の暖かい日には、裏の中庭にある屋外のテーブル席に座ることができる。近くのルナパークから聞こえてくる騒音のせいで、屋外の席はあまり人気はないが、二人は気にならなかった。

「いい考えね」サラは同意した。

スコットが彼女の肘を取ってキッチンへ連れていくと、サラが大きな声を出した。

「それにしても……双子ですって？」かぶりを振りながら言う。

「充分にありえる」スコットが言った。「父は双子だった」

「初めて聞くわ」

「そうかな？」彼は肩をすくめた。「ブランチを食べながら話してあげよう」

20

「さて？」二人は朝食を注文し、お気に入りの屋外のテーブル席に座ると、サラはさっそく促した。

「さてって、何が？」スコットはきき返した。

「お父さんが双子だったという話をしてくれるんじゃなかった？」

「ああ、そうだ。話そうとしていたんだ」スコットは微笑とも苦笑ともつかぬ笑みを浮かべた。「一卵性双生児ではなかった。父が言うには、外見はよく似ていたが、性格はまったく違っていたそうだ。双子のもうひとりのほうはロジャーという名前で、正真正銘の反逆者だった。危険を顧みない人で、十八歳のときに死んだ。オートバイから落ちて」

「お気の毒に。でも、二人の性格は本当に違っていたのかしら？　あなたのお父さんも型にはまった生き方はしなかったでしょう？」

「まあ、そうだな。だが、危険を冒すタイプではなかった」

「本当に？　それならどうして誰もが価値がないと言っていた鉱山や土地を次々と買ったのかしら？」

スコットは顔をしかめて彼女を見つめ、そ

れから笑った。「その話をきみにしたことはなかったがね、奥さま。その興味深い情報をどこで手に入れたんだ？」

サラはにやりとした。「わたしたちが会った日のことを覚えている？」

「忘れるものか」スコットはおどけて言った。「脚のあいだが硬くなった状態で、役員室に座っているのはずいぶん大変だった」

「しいっ！」サラは顔を赤くし、周囲をさっと見渡した。二人の子供を連れた若い夫婦が目に入る。「ここには子供もいるのよ」

「すまない。わかったから、続けてくれ」

「あの日は泣きたいほど退屈だったので、あなたのことをインターネットで調べたの。でも大した情報はなかった。あなたはマスコミを相手にあまり話をしないから。まともな写真を見つけることもできなかった。労働組合のリーダーのような格好でヘルメットをかぶっている写真だけ。日焼けしていたわ。本当のところ、あまり強い印象は受けず、魅力を感じなかった。実物に会うまでは。その後、どうして惹《ひ》かれたのか、よくわからないの。わたしが夢に描いていた理想の男性とはほど遠かったから」

「それはどうもご親切に」

「これからは正直になるって言ったでしょう」

スコットは声を出して笑った。「事により

けりだ」

「わかった。罪のない嘘《うそ》はつくようにするわね」

「そいつはうれしい。で、実物のぼくに会ってから、ぼくのどこに魅力を感じたんだ？」

「ほぼ全部、かしら。特に、わたしを見るあなたのまなざしが好きだった。自分がとても……セクシーになった感じがした」

「だが三回目のデートまで許してくれなかった」

「簡単にベッドをともにする女だと思われたくなかったのよ」

「きみは自分がバージンであることを忘れていたのか？」

「いいえ。でもそのときまであなたは知らなかった。そうでしょう？」

「確かに。わかったときは感動したよ」

「驚いていたものね」

「そうだ。それまではバージンに出会ったことがなかった」

「もっと若いときも？」

「ああ。そのころは年上の女性に夢中になった」

「いまは？」

「いまはすっかりきみに夢中だ」スコットは温かな笑みを浮かべ、このあとの展開をほのめかした。

　家に戻っても、荷物を片づけるのはずっと

あとになりそうだ、とサラは思った。スコットにすぐさまベッドへと連れていかれるに違いないから。

朝食が運ばれてきた。サラの食事はポーチドエッグとトーストの上に揚げたマッシュルームをのせた簡単なものだったが、スコットは大量のパンケーキにバニラのアイスクリームをつけた。彼が食べ終わるまで、会話は休止だ。すでに彼は一枚目のパンケーキにメープルシロップをかけることに専念していた。灰色の目が輝いている。

サラは彼が夢中になって食べていてもかまわなかった。彼女も朝食を楽しんだ。パンを食べるたびに、搾りたてのおいしいオレンジジュースを飲んだ。

彼女が食べ終わっても、スコットはまだ食べていた。サラはナイフとフォークを置き、椅子の背にもたれて周囲を見渡した。二人が座っている場所は暖かく、眺めも最高だった。ルナパークから聞こえてくる歓声と乗り物の音に、サラの喜びはいっそう大きくふくらんだ。

幸せだった。これまでの人生でいちばん幸せだった。一週間前に、こんな幸せな気分になるだろうと誰かに言われても、サラは信じなかっただろう。

赤ん坊のせいだけではなかった。たとえ双子だとわかっても、そのせいではない。彼女が幸せなのは、これまでになくスコットと深く理解し合えたからだ。二人の結婚生活を最後までやり通す自信が持てたからだ。そして赤ん坊ができたとわかったいま、そのことがサラにとって何よりも大事だった。離婚による不幸を経験したくない。もちろん、子供たちにも両親の離婚による苦痛と寂しさを体験させたくなかった。

ただ、一つだけまだ彼女が心配していることがあったが、いまこの段階で話したくはなかった。今日の日を台なしにするようなまねはしたくない。けれど遅かれ早かれ、スコットに話さなければならない。子供たちの父親にはもっと家にいてほしい、個人秘書と一緒に出張に出かけてほしくない、と。

不思議なことに、まるで彼女の胸の内を読んだかのように、スコットがコーヒーを飲みながらその話題を持ち出した。

「考えていたんだが」彼は言った。「これからは出張を減らそうと思っている」

「まあ！　うれしいわ」喜びのあまり声が高くなる。「あなたがたびたび出張に出かけることが気になっていたの。いつもクリーオを連れていき、わたしには声をかけなかったことが」嫉妬心とは無関係に聞こえるよう精いっぱい心がけたが、成功しなかった。

スコットは顔をしかめた。「きみが自分の仕事を放り出してぼくに同行できるとは思わなかったからだ」

「できないでしょうね。でも、たまにはきいてほしかった」

「そうだな。実は、いまビジネスパートナーを求めているところだ。これまでは、ビジネスに口出しをしない金持ちを探していたが、これからは実際に仕事をしたいと思っているパートナーを探すつもりだ。そうすれば、出張が必要になったときに、仕事を分担してもらえる。どう思う？」

「いいわね」サラは答えた。

「それから家族の家も買わないといけない。アパートメントで子供を育てたくない。庭が必要だ。子供のころ、ぼくはずっと犬を飼いたかった。子供には犬が必要だ」

「わたしもずっと犬が欲しかったけれど、母が許してくれなかった。あちこちに毛を落とすからって」

「毛を落とさない犬を見つけよう」

「ああ、わくわくする。午後から家を見に行きましょうか？」

「だめだ。きみがコーヒーを飲み終わったら、家に戻る。それから……ベッドに行く」

21

「どこに行くんだ？」

サラが上掛けをはねのけてベッドから出たので、スコットは尋ねた。

二人は午後のあいだずっと愛し合った。スコットはいつも以上に優しかった。彼が赤ん坊二人を動揺させないかと心配するのがおかしくて、サラは笑った。彼はその日、あまり激しく動いたり深く入りすぎたりしないよう細心の注意を払っていた。

〝でも、二人ともまだ、えんどう豆の大きさにもなっていないのよ〟

そのときスコットは何も言わなかったが、サラは本当に双子を身ごもっているに違いないと感じた。一年前にダイヤモンドの鉱山を買ったときと同じだ。みんなは掘り尽くされて価値のないものだと言ったが、スコットはそうではないと確信を持っていた。そして彼が正しかった。鉱山はすでにかなりの利益をあげている。サラが双子を妊娠しているということに関しても、彼は正しいと信じ、胸がわくわくした。

本当に不思議だ。スコットは急いで子供を作ろうと思っていたわけではなかった。その点では、結婚も同じだった。サラと出会ってからすべてが変わった。

サラが小さな赤ん坊二人をこの世界に送り出すとき、付き添っている自分を、スコットは想像した。すると、愛情と誇らしさで胸がいっぱいになった。

彼は父親になるということにひどく興奮し、そして驚いていた。父親になるという奇跡が自分の身に起こるとは。スコットは父が彼に与えてくれたものと同じものを子供たちに与えたいと願った。子供たちと過ごすたくさんの時間、規律、たっぷりの愛情、それに犬。

子供を甘やかすつもりはない。甘やかすのはよくない。金持ちの親が子供を甘やかした結果をスコットは知っていた。見られたものではない。

だから、時間と愛情以外のことでは決して甘やかしたりしない。

出張を少なくするという点についてはサラの言うとおりだ。クリーオができるだけ早くビジネスパートナーを見つけてくれるといいのだが。

バスルームのドアが開いてサラが現れた。彼女はすぐにシーツの下に潜りこみ、彼に体をくっつけた。だが、今回は話をするだけだ。スコットは家はどこがいいか考えた。

「ぼくはノーザン・ビーチが好きだな。ただし交通渋滞が半端ではない。時間どおりに職場に行き着かない」

「そうね。だけど、北側はいいところよ、特に海辺の周辺は。フェリーの便がいい場所を探してみない？」サラは提案した。「マンリー・ビーチとか。職場まで車を運転しなくてもすむし。一緒にフェリーに乗り、手をつないで出勤するの」

仕事の話はスコットの満足感を少し損ねた。サラがあの狡猾《こうかつ》なレイトンと同じ職場で働くなど受け入れられない。とはいえ、サラは法律事務所を辞めるようにと夫に言われたくないだろう。だからスコットは黙っていた。しかしいつまでも妻をあんな男と一緒に働かせておくようなまねはしない。断じて。

「もう起きたほうがいいわね」サラはため息をついて言った。「服をちゃんとハンガーにかけておかないと。ウォークイン・クローゼットの床に置きっぱなしなの」

「手伝うよ」スコットは言った。「それからまた食べないと。ぼくは腹ぺこだ」

「あなたはいつもおなかをすかせているみたい」サラは笑いながら言った。「でも、あなたの言うとおりだわ。わたしもおなかがすいている。少しだけれど」

「きみは三人分食べるからな」

サラは彼の胸をぶった。「その話はやめてくれない？　まだ双子だと決まったわけじゃないのよ」

「そうだ。三つ子かもしれない」

サラがぞっとしたような顔をしたので、スコットは笑った。

「そんなことは考えないで」サラはいらだたしげに言った。「これ以上、ばかな話はなし。さあ、起きて。仕事にかかる時間よ」

スコットはたじろいだ。仕事という言葉を聞いて、とたんにサラがあのろくでなしの近くにいる光景が脳裏をよぎる。だが、いまこの話題を持ち出してはいけない。サラはとても幸せそうにしているのだから。

22

「いったいどうやってこれだけのものをきみの小さな車に入れることができたんだ？」

スコットは彼女が服を片づけるのを手伝いながら尋ねた。

「怒りだと思う」サラは肩をすくめた。「とにかく全部押しこんだの」

「本当にぼくのことでかんかんに怒っていたんだな」

サラは彼が例の写真を見せたあの土曜日の

朝のことを思い出した。いまとなってはずいぶん昔のように思える。「あなたにはわからないでしょうね」サラは言った。「喜んであなたを殺すことができたくらいよ」

「殺されてもしかたがないな」

「ええ、まったくもって。でも、わたしは家を飛び出したりせずにここにとどまり、あなたと徹底的に話し合うべきだったのでしょうね」サラはいつも苦しい状況から逃げていた自分とようやく向き合った。

「責任はすべてぼくにある」スコットは断言した。「ぼくが完全に間違っていた」

「情状酌量の余地はあるけれどね」

スコットの顔がほころぶ。「弁護士みたいに話すんだな。ところで、この朗報をコーリーに知らせたのか？」

「まあ！」サラは我ながらあきれた。「すっかり忘れていたわ」

「知らせたほうがいいんじゃないか？」

「夜まで待つわ。まだ五時を過ぎたばかりだもの、たぶん会議中よ」

「そうだな。ではきみがここを片づけているあいだ、ぼくは早めの夕食の材料を見繕っておく」

「それはいいわね」

サラは楽しそうにハミングしながら靴をウォークイン・クローゼットに入れた。そのとき、棚の後ろに隠しておいた結婚記念日の贈り物が目に飛びこんできた。スコットのために買い、記念日の朝に渡そうと思っていたのだ。小さな箱が入ったビニール袋を取ると、サラは胸を高鳴らせてスコットを捜しに行った。彼はキッチンのスツールに腰をかけ、携帯電話で何かを検索していた。

「終わったのか?」スコットは顔を上げずにきいた。

「ほとんどね」サラは急に不安になり、ビニール袋を握り締めた。彼が気に入らなかったら、どうしよう?

「きみは夕食に何を注文してほしい?」スコットは尋ね、ようやく顔を上げた。「料理に使えるような食材が何一つないんだ。きみがいないあいだ、無精な独身男のような生活を送っていたからな。スーパーマーケットに行かず、テイクアウトの料理に頼っていた。清掃サービスには助かったよ。それだけはきっぱりと言える。さもないと、きみはごみ屋敷に帰ってくるところだった。本当にきみがいないと、どうにもならない。で、何にする? 中華、タイ料理、インド料理?」

サラは香辛料のきいた料理を思い浮かべると胃がむかついた。「トーストとかぼちゃのスープだけではだめかしら? それなら用意できるから。そのあとあなたは大好きなチョコレートアイスクリームを食べればいい。いつも冷凍庫にいっぱい入れてあるでしょう」

「よし、決まりだ！」スコットはにっこりした。「で、きみは何を手にしているんだ？」

「これは……あなたに買った結婚記念日の贈り物なの。包装はしていないけれど」サラは彼の隣のスツールに腰を下ろした。

スコットにビニール袋を手渡し、胸をどきどきさせながら、彼が小さな黒革の箱を出すさまを見守っていた。

彼は眉を上げた。「宝石なのか、サラ？」

サラはスコットが指輪をしないことは知っていた。結婚指輪さえ断ったほどだ。けれど店のショーウィンドーでこの特別な指輪を見た瞬間、買わずにはいられなかった。おそらくサラがスコットといるときにいつも感じていた安定と安心を象徴していたからだろう。

「そうよ」答えるサラの口調は彼女の気持ちよりもしっかりとしていた。「気に入ってくれるといいけれど」

それがなんであろうと、スコットは好きになると決めた。だが箱の蓋を開け、中身を目にしたとき、好きになるどころではなかった。

まさに男の指輪だった。真上から見下ろすと複雑なデザインだが、斜めから見ると数字の〝8〟に見えた。スコットはそれが何を意味するかわかった。横にすれば数学で用いる記号となり、無限を表す。子供のころ父が数学を教えてくれ、砂を含んだ奥地の土に棒であらゆる記号や符号を書いてくれた。当時、スコットはこの記号に好奇心をそそられた。途切れることのない輪は決して終わらないことを意味している、と父は説明してくれた。

〝それはおかしいよ、父さん〟スコットは言った。〝永遠に続くものなんてないよ〟

〝いや、数字は続くんだ〟父から論理的な答えが返ってきた。〝それに空間も〟

そして本当の愛も、とスコットは思い、喉がつまりそうになった。

「すてきだ」スコットは指輪を左手の何もつけていない中指にはめ、ぴったりなことに驚いた。笑みを浮かべ、身を乗り出して彼女の頬にキスをする。「完璧だ。きみのように」

「わたしは完璧なんかではないわ」サラは笑みを返した。「でもあなたを愛している。永遠に愛している。わたしにとってこの指輪はそういうことを表しているの。わたしたちの永遠の愛を」

スコットが下を向いたとき、サラはうろたえた。わたしは大げさな愛の告白をしてしまったのだろうか？　わたしが愛しているようには、スコットはわたしを愛していないの？

「ああ、サラ……」彼は指輪を何度もくるくるまわした。「ぼくは自己嫌悪を覚えるよ。きみに何も買っていないんだ。忘れていた。すまない」

「そんなこと気にしないで。贈り物なんて大したことじゃない。本当よ」

「いや、大事だと思う。このすばらしい贈り物をもらい、それがわかった。明日、きみに何か買おう。何か特別なものを。そして明日の夜は特別なところで食事をしよう」

「明日は月曜日よ」サラは指摘した。「月曜日の夜はめぼしいレストランはたいてい閉まっているわ」

「ああ、きみの言うとおりだ」彼は考えこむような口調で続けた。「明日は月曜日だな」

サラの目をじっと見つめる彼の目は気遣わしげだった。

「きみはあの法律事務所で働き続けるのか？ 考え直すつもりはないのか？ きみがあのレイトンのろくでなしの近くにいると思うと、耐えられない」

サラは身をこわばらせた。スコットが彼女にフィルと同じ職場で働いてほしくないと思うのは理解できる。実のところ、妊娠したいま、ゴールドスタイン＆エヴァンズ法律事務所にとどまることについて疑問を抱いていた。社員に百パーセント以上の成果を求める過酷な職場だ。サラは仕事を楽しんでいたが、妊娠とともに彼女の優先順位は変わった。だが明朝出勤するのは行動規範の問題だった。そして夫が妻を信頼してくれているかどうかという問題にも関わってくる。

「ごめんなさい、スコット」サラはなだめるように言った。「あなたの気持ちはよくわかっている。でも明日の朝は仕事に行くつもりよ。突然辞めるわけにはいかないもの。そんなことをすれば、次の仕事を見つけるのが大変になる。気まぐれで、信頼の置けない人間だと思われてしまう。でも、あなたの言うとおりよ。次の仕事を探すつもりだから」

「わかった」スコットはしぶしぶながらも、きっぱりと言った。

「わたしを信頼して」

「信頼しているよ」スコットは言った。「レイトンを信頼していないだけだ」

23

翌朝、サラは正式な始業時刻よりも十五分以上早く職場に着いたが、すでにあたりは活気に満ちていた。ここで働きはじめて以来、サラは初めてこの雰囲気になじめないものを覚えた。かつてのような興奮を感じなかった。やたら忙しそうに見えただけだった。

一週間ぶりに出社した彼女に大丈夫かと何人かが声をかけてきたが、誰も本当に心配はしていないのは明らかだ。通りすがりに数秒足を止めて話すだけだ。サラはいつものようにコーヒーメーカーのある休憩室に向かうわけにはいかなかった。フィルに会うかもしれないと思い、階下でコーヒーを買ってきた。

サラは自分の机に座った。フィルに好意を持たれていることにもっと早く気づかなかった自分が腹立たしい。気づいていたら、スコットが出張に行くたびに、彼に愚痴をこぼしたりしなかった。愚かだった。彼の関心を引くようなことは言っていないが、水を差すようなことも言わなかった。

もし結婚生活が破綻したら、わたしがフィルの胸に飛びこむと、彼は本気で思っていたのかしら？ 彼に惹《ひ》かれたことは一度もない。

サラはいま、下劣な父や兄と同じくらいフィルを嫌悪していた。そして、父にも兄にも立ち向かわなかったことを悔やんでいた。二人はそれまでの不埒《ふらち》な行動と同じ手を使ってうまく逃げおおせた。せめて二人を激しく非難しておけばよかった。もっとも、それで彼らの良心がわずかでも傷ついたとは思えないが。二人にはなんの効き目もなかったかもしれない。とはいえ、少なくともサラの気分はよくなったに違いない。

だからこそ、フィルのこともこのまま放っておくわけにはいかなかった。

サラはコーヒーの入った大きなカップを両手で持ち、立ち上がって中央の廊下に出ると、コーヒーをすりながら家族法の部門へと向かった。フィルのオフィスに近づくにつれ、アドレナリンが全身にあふれ、心臓が早鐘を打ちだした。緊張のあまり体がこわばる。

彼の魅力的な秘書が机に向かっていた。いつもどおり取り澄ました表情で。

「フィルはいるかしら、ジャニス？」サラはそれなりに丁重に尋ねた。

「彼は忙しいの」秘書はきっぱりと答え、サラを頭のてっぺんから爪先までじろじろ眺めまわした。

「フィルと話をしないといけないの」サラは続けた。「わたしが来たって、彼に知らせてくださらない？」

そのときフィルのオフィスのドアが開き、本人が姿を現した。ジャニスと同じようにサラに視線を走らせたが、秘書のような敵意に満ちたまなざしではなかった。

「きみの声だと思った」彼はにこやかにほほ笑みながら言った。「ぼくに会いたかったのか？」

サラはジャニスの前で彼と対決するつもりはなかったので、彼の好色そうなまなざしに虫酸が走るのを隠し、笑みを返した。それが魅力的に見えることはわかっていた。仕事中はいつも気をつけていた。今日は淡いピンクのシャネルのスーツに、クリーム色のシルクのブラウスを合わせた。すらりとした体形と白い肌を引き立てている。髪はアップにしてまとめ、メイクアップは完璧で、香水はかすかだけれどセクシーな香りがした。きれいな耳たぶには上品な真珠のイヤリングをつけている。

男性から称賛のまなざしで見られることは嫌いではないが、色目を使われるのはいやだった。胃が怒りでこわばったものの、サラはまだ笑みを浮かべていた。

「ええ、あなたに会いたかったの、フィル」サラは愛想よく言った。「法律上の助言が必要になったから」

フィルの目が喜びに輝いた。「そうだろうとも。なんでも言ってくれ。さあ、中に入って」オフィスに入るよう手を振る。「ジャニス、電話は取りつがないでくれ」

サラは彼のオフィスに入った。フィルがすぐに続き、ドアを閉めると、うなじがちくちくした。

「あそこに座ろうか？」フィルはオフィスの奥の壁に沿って置かれた長いグレーのソファを指した。

彼のオフィスは会社の中でもいちばん大きい部屋の一つだった。そう、フィリップ・レイトンの地位はとても高いのだ。

鳥肌が立ったが、サラはあえて異を唱えなかった。フィルは不必要に彼女の近くに座り、いかにも心配そうな表情を浮かべた。サラがコーヒーのカップを持っていなかったら、彼女の手を取ったかもしれない。

「何が問題かは話さなくていい」彼はいきなり言った。「ご主人と別れたんだろう？」

「ええ……別れたわ」嘘《うそ》ではない。しばらくのあいだ、別れていた。

「驚かないよ。きみは知らないかもしれないが、先週、ご主人がぼくに会いに来て、携帯電話に送られてきた写真のことでぼくにありとあらゆる下劣な非難を浴びせた。先週の金曜日の昼食時に、きみとぼくがリージェンシーにいた写真だ」

「あなたに会いに行ったとスコットから聞いたわ」サラははっきりと認めた。

「またきみに近づくようなことがあれば、ぼくを殺すと脅したことも言ったか？」

「いいえ、言わなかった」スコットがフィルを脅したと聞いて、サラはいささかショックを受けた。

「きみがあの結婚生活から逃れることができてよかったよ、サラ。先週、きみが欠勤していたことは知っている。あの乱暴なご主人に虐待を受けているのかと、死ぬほど心配していた」

「スコットがわたしに手を上げるなんて、ありえない」サラはかっとなって言い返した。それほど心配したなら、フィルはどうして電話一本よこさなかったのかしら？

その理由をサラは知っていた。第一に、フィルはわたしのことを気にかけていない。第二に、夫はフィルを心底怯《おび》えさせた。

「あまり確かなことではないんだが」彼は嘲るように言った。「マカリスターは過酷で粗野な環境で育った。顔を見ればすぐに暴力を振るうタイプだとわかる。きみはもっといい人生を送ってしかるべきだ」そして今度こそサラの膝に手を置いた。「きみには、きみのことを妻として尊重する男性こそがふさわしい。きみの美しさと賢明さに見合う人生を与えられる男性が」

「そしてその男性はあなただと言っているの、フィル？」サラは嫌悪感を表に出さないよう努めながら尋ねた。彼が自ら罪を認めるような罠《わな》にかけるのは本意ではなかったが、その誘惑に抵抗できなかった。

胸の悪くなるフィルの手が誘惑するように動いた。

「ぼくがきみをどう思っているか、知っているはずだ、サラ」フィルは彼女の目を見つめて言った。「きみがここで働きはじめてから、ずっときみのことをすばらしい女性だと思っていた。男なら誰でもきみを欲しいと思う。きみがマカリスターと結婚したときには、信じられない思いだった。あの男には品位も教養もない。スーツを着たちんぴらにすぎない。だが、ようやくきみは自分の過ちに気づき、ついにぼくのところに来た。ついにね」

　身の毛もよだつフィルの手が厚かましくも腿に近づいた。サラはもう一秒たりとも彼の薄汚い手に耐えられなかった。手を払い落とすと同時に立ち上がった。「わたしがスコットと別れるなんて本気で思ってはいないでしょう？」言葉を投げつける一方、コーヒーのカップを投げるのは思いとどまった。「たとえあなたの卑劣な計画がうまくいき、スコットとわたしが永遠に別れたとしても、あなたに頼ったりするものですか」

　急に怒りだした彼女に、フィルは仰天していた。彼の底知れないうぬぼれはサラの言っていることが理解できないようだった。

「だが、きみは彼と別れたと言っただろう」フィルは出し抜けに言った。「きみはぼくのところに来て、離婚したいと言った」

「スコットと別れたわ」サラは猛然と言い返した。「でも、元に戻ったの。以前より絆《きずな》が強くなったわ。結局、あなたの忌まわしい計画は失敗した。それに、わたしはあなたに離婚の調停を依頼した覚えはないわ。法的な助言が欲しいと言っただけ。ねえ、教えて。わたしのような立場の女性はどうすればいいか、助言してくださる？　ミスター・ゴールドスタインは配下の社員に対するセクハラの申し立ては好きではないでしょう」

　たちまちフィルの目に恐怖の色が浮かんだ。

この男の性格をスコットは正確に見抜いていたのだ。フィルは見下げ果てた男で、どうしようもない臆病者だった。

「きみはなんの証拠も持っていない」フィルは震える声で言い返し、立ち上がった。「どちらの言い分が正しいか誰にもわからない」

「そうかしら?　わたしの言葉のほうがあなたの言葉よりボスには影響を及ぼしそうな気がするけれど」

「ゴールドスタインに掛け合うのは大間違いだ」彼は怒りに任せて言った。「ぼくの父は上院議員で、ゴールドスタインの親友だ。きみに勝ち目はない」

「ああ、なるほど、そういうことだったの。それで、あんなまねができたのね。でも、そこまでわたしに夢中だとは思わなかった」

「ぼくはどんな女にも夢中にはならない」フィルは怒鳴った。ハンサムな顔がゆがみ、醜くなる。「ぼくが何を思っているかは、神のみぞ知る、だ」彼は意地の悪い口調で続けた。肩をすくめ、ネクタイをまっすぐに直しながら、さげすんだ目でサラを見た。「きみは美人かもしれないが、審美眼を持っていない。ぼくを手に入れることができたのに、あの野蛮人と関係を持つなんて、信じがたい」

確かに信じがたい。なんて傲慢な男だろう。まさにうぬぼれの塊だ。

「あなたなんかよりスコットはずっと男らし

いわ」サラはきっぱりと言った。「あなたのことが好きだったなんて、お笑いぐさだわ。助言を得ることができるすばらしい友人だと思っていた。だからあなたがわたしを罠にかけたのだとスコットに言われても、最初は信じられなかった。でも、すぐに彼の言うとおりだとわかった。ただし、あなたの動機については彼は間違っていた。あなたはわたしを欲しいとは思っていなかった。ひと悶着《もんちゃく》起こしたかっただけよ。あなたの自尊心を傷つけたわたしに惨めな思いをさせるために」

　彼はばかにするように笑った。「もちろん、きみなしでは生きられない、ということはない。だが、夫が留守ばかりするというきみの不満にはうんざりしていた。だから本気で不満を言うような出来事を作ってあげることにしたんだ。それで思い出した。きみの夫は個人秘書と関係を持っていてもおかしくなかった。だが彼の調査はしていない。あれはきみをぼくとホテルに行かせる口実だ。ぼくの目的はきみが浮気をしているとばかな夫に思わせることだった。うまくいけば、きみとすばらしいセックスができるというボーナスもつくしね」

　サラはふらつかないよう必死に脚に力を込めた。「スコットは正しかった」冷ややかに言う。「あなたは最低の男よ」

　彼の目に再び恐怖が浮かんだ。「きみは何

も証明できない」

「ええ、おそらく。とはいえ、人の悪口は本当のように思える、と言うわ」

「確かに。あの日、きみはぼくのベッドに入ったとぼくが言いふらすのはどうかな？　そしてきみは、ぼくを愛している、夫と別れるつもりだ、と言ったけれど、ぼくはきみを愛していないと拒絶した。そして、きみはふられたことを根に持ち、あることないことを言い立てて復讐《ふくしゅう》に走った、と」

サラはかぶりを振った。何もかもスコットが言ったとおりだ。レイトンは信頼できない卑劣な男だった。一瞬、サラは動揺した。だが法廷で卑劣な男たちを相手にしたときのことを思い出した。

「あなたは無駄な努力をする羽目になる」サラは冷ややかに言い返した。「わたしはもうここを出ていくの。面倒な訴訟を起こす価値などあなたにないわ。時間が解決してくれるでしょう。わたしはただ辞職する前にあなたと会い、あなたのことをどう思っているか言いたかっただけ」

「辞職する？」彼はあっけに取られていた。

「そうよ。もう戻ってこないわ」

「辞職の理由はどうするんだ？」

サラはいたずらっぽい笑みを浮かべてみせた。ろくでなしにはせいぜい心配させておけばいい。「何か考えるわ」彼女は陽気に言い、くるりと向きを変えてドアへと進んだ。

ドアを開けると、目の前にジャニスが立っていた。話を聞いていたのだ。ジャニスは赤面し、狼狽《ろうばい》しているようだった。一方、サラはこれほど気分のいいことはなかった。彼女の結婚生活を壊しかけた男に、たとえささいな方法でも復讐ができ、晴れ晴れとしていた。

「わたしがあなたなら、彼と親密な仲になるのはやめておくわ」サラは歩きながら肩越しに声をかけ、飲みかけのコーヒーをごみ箱に投げ入れた。「フィリップ・レイトンは本当にいやなやつ、最低の男よ」

24

スコットのオフィスまで三ブロック歩きながら、サラはにこやかにほほ笑んだ。

ああ、外は本当に気持ちがいい。毒気を放っているフィルから逃げてきたからというだけではない。ここしばらく仕事をさほど楽しんでいなかったことにいま気づいたのだ。好きな依頼人もいたし、好きな訴訟もあったが、

勝たないといけないという絶え間ないプレッシャーにさらされていた。ゴールドスタイン

&エヴァンズ法律事務所の〝どんなことをしても勝て〟という方針はしばらくすると重荷になり、疲れ果てる。それに長時間の労働を期待されているが、超過勤務の手当てはない。そのことはかまわない。しかし子供ができてもずっと働き続けられる職場だとは思えなかった。

母親になるのと引き替えに仕事を辞めたくはないが、子守や託児所に子供を任せてしまう母親にもなりたくなかった。それはサラが望む家庭ではない。スコットにもっと家にいてほしいと期待するなら、それは自分自身にも同じことが言える。結婚生活では何よりも平等が大事だ。

サラは、なんの連絡もせずにスコットのオフィスに向かった。いきなり辞職したことを告げて彼を驚かせたかった。

きっと彼は喜ぶだろう。エレベーターで彼のオフィスへと上がりながらサラはそう思った。そして笑みを浮かべたまま、〝マカリスター・マインズ〟と銀色の文字で書かれたドアを押し開けた。

「こんにちは、リーン」四十代の受付係ににこやかに声をかける。「ボスはいる？」

「もちろん」

「よかった。すてきね、リーン。新しい美容院？」

「ええ。あなたの美容院よ。教えてくれてありがとう」

「どういたしまして」

サラは廊下を歩いてクリーオのオフィスのドアへと向かった。ノックをしたが、返事がない。中をのぞいても、誰もいなかった。だがスコットのオフィスに続くドアは開いていた。サラの顔から笑みが消えていった。夫の机の前でクリーオが彼の腕に抱かれて立っていた。スコットの片手は彼女の背中に添えられ、もう一方の手は彼女の豊かな黒い髪を優しく撫《な》でている。そして彼は安心させるように何かささやいた。クリーオは泣いているようだった。

たちまちサラの頭には恐ろしい考えが押し寄せた。

二人は関係を持っている。

何年も前から続いている。

スコットからたったいま赤ん坊のことを聞かされ、クリーオは打ちのめされた……。

サラはきびすを返して逃げようかと思った。しばらく化粧室に隠れ、頃合いを見計らって戻ってくればいい。何も見なかったふりをするのだ。

数日前なら、そうしていたかもしれない。だが今日はしない。今日は新しい結婚生活の最初の日だ。嫉妬を爆発させるのではなく、正直さと信頼を受け入れる日だ。

サラは深く息を吸って気持ちを落ち着かせ、

早まった考えを脇へ押しやった。そして理性の声に耳を傾けた。

もちろん、二人は関係など持っていない。スコットはあなたを愛しているし、クリーオはそんな女性ではない。

スコットに信頼されたいのなら、あなたも彼を信頼しなければならない。

あなたが目にしているものには、何かほかの理由がある。

サラは気持ちを整理し、前に進んでスコットのオフィスのドア口に立つと、気づいてもらうために、そっと咳払《せきばら》いをした。

スコットはクリーオの震える肩越しに目を上げ、ドア口に立つサラを見て驚いた。彼女は一緒に買い物に行くために昼食時に立ち寄ると言っていた。だがまだそんな時間になっていない。彼は凍りついた。彼女が目にしている光景は好ましいものには見えないだろう。夫が泣いている個人秘書に腕をまわしているのを見て喜ぶ妻はいない。普通の女性なら、間違った結論に飛びつく。

だがそんなことになれば、この一週間で成し遂げたことが無に帰してしまう。

失望がスコットを猛然と包みかけたとき、すばらしいことが起こった。サラが彼にほほ笑みかけたのだ。彼女は続いて、嫉妬からではなく、問いかけるように眉を上げた。サラはぼくを信頼している——信じられない気持ちがした。突然、重くなった心が軽くなった。奇跡のようだ。スコットは笑みを返し、自分は卑劣な女たらしではなく、とばっちりを食らっているだけなのだというように軽く肩をすくめた。

スコットが彼女にほほ笑みかけたので、サラはほっとした。彼の顔には後ろめたさはみじんもない。夫を信頼し、嫉妬や間違った推測による自滅的な罠《わな》に落ちなくてよかったとつくづく思う。

「やあ、来ていたのか、サラ」スコットは悲しげに言った。「今日、クリーオはついていなくてね」

「まあ、サラ！」クリーオは叫び、雷に打たれたようにスコットから離れた。「そうじゃないの……誤解しないで。なんてことかしら……」

「誤解なんかしていないわ」サラは即座に請け合った。「本当よ」サラは二人に近寄り、スコットの机の上に置かれたティッシュペーパーの箱から大量に紙を引き出し、まだ泣いているクリーオに渡した。

「今日はマーティンの命日なんだ」クリーオが顔を拭いているあいだにスコットが説明した。「だが、彼女は忘れていた。ほんの一、二分前まで」

「そうだったの」サラは穏やかに言った。「忘れたことなどなかったのよ」クリーオは悲しそうに言い、鼻をかんだ。困惑しているような口ぶりだった。「彼の命日にはいつもお墓に花を供えに行くのに……」クリーオは声をつまらせた。「たいてい彼のお母さんも一緒に」

「そうすればいいじゃないか」スコットが言った。「いますぐドリーンに電話をかけ、今日は休みにすればいい」

クリーオはすぐさま元気になった。「本当にいいの？」

「いいとも」スコットはきっぱりと答えた。

「助かるわ。あなたのご主人はすばらしい人ね、サラ。それにすばらしい上司よ」

サラは笑みを浮かべただけだった。スコットの腕に抱かれたクリーオを見たときの自分の反応にまだうろたえていた。またもや不信感が頭をもたげた恐ろしい瞬間だった。それでも、少なくともそれを根づかせずにすんだ。

「そうね」サラは同意し、スコットと腕を組んだ。

「さっさと帰るんだ」スコットがクリーオに言った。

「ええ、すぐに帰ります。また、明日。机を片づけてパソコンの電源を切ってくるわ」

クリーオがドアを閉めて行ってしまうと、サラの胸に喜びがこみ上げた。

「さて、奥さま」スコットはサラを自分のほうに向かせ、尋ねるようなまなざしを彼女に注いだ。「本当にランチを食べようと思って来たのか、それとも、ぼくはまた時間を間違えたのかな？」

「ちょっと早く来たの」サラは澄まし顔で答えた。「それに失業したの。今朝、辞職したから。予告なしに」

スコットは眉を上げた。ひどく驚いたようだ。けれども、心の奥では満足しているのがサラにはわかった。

「何があったんだ？ いや、言わなくていい。レイトンがきみに言い寄り、きみはかっとなった」

「まったく違うわ」

スコットの会社まで歩く途中、サラはフィルとの対決については話さないと決めた。夫がまたフィルのところに押しかけ、殺してやるなどと脅すような事態は避けたかった。サラはただ、直属の上司を飛ばしてその上の重役に伝えた退職の理由について話した。

「今朝、机の前に座ったとたん、妊娠中も出産後も、ゴールドスタイン＆エヴァンズはわたしが働きたい場所ではないと悟ったの。名前を口にするのも汚らわしい人のせいではなく、子供を持つ親に理解を示すような職場ではないから。これからは母親になることがわたしの最優先課題なの。不正を追及し続ける敏腕弁護士になるのは、子供たちが手を離れてからでも遅くない。でも、仕事を諦めるわけではないのよ。パートタイムで法律扶助委員会の仕事を申しこむかもしれない。あそこはとてもいい仕事をしているし、十万ドルも稼ぐ必要もないようだから。それとも必要なの？」サラは突然、心配そうに尋ねた。「破産寸前ではないでしょう？」

スコットは笑った。「いまのところはね。きみはぼくをどんなに幸せにしたか、わかっていないな。それにしても何を退職の理由にしたんだ？　それに、いったいどうやって退職予告なしですませることができたんだ？」

サラはにやりとした。「白状すると、たわいない嘘《うそ》をついたの。ミスター・ゴールドスタインに妊娠していることを話したわ。ただし、実際より妊娠期間が進んでいるように思わせたの。先週は鼻炎ではなく、ひどいつわりに苦しんでいたことにした。妊娠していることをまだ誰にも知られたくなかったから、と言って。お医者さまには仕事を辞めるよう勧められたけれど、断固として拒んだと言ったの。ボスはわたしの退職をすぐに受け入れ、そしてその足であなたに会いに来たわけ」

「きみは本当に手に負えないな」言葉とは裏腹にスコットの目は笑っていた。「だが、才気にあふれている」

「そうよ。わたしにキスしたくない？」

スコットはキス以上のことをしたかった。しかしクリーオがまだ隣のオフィスで片づけをしている。それでキスだけにとどめ、コーヒーを飲みに行き、そのあとで買い物をしようと提案した。

「何を買うつもり？」サラは尋ねた。

「きみへの結婚記念日の贈り物だよ。きみのアイデアに倣い、美しいエタニティリングを買うつもりだ。けれど、きみが仕事を辞めたから、もう一つ贈り物をすることにした」

「まあ、何かしら？」

「二度目の新婚旅行」

サラは飛び上がらんばかりに喜んだ。妻のうれしそうな顔を見るのが、スコットは大好きだった。

「きみはアジアがとても気に入っているだろう。それで行き先はタイのビーチリゾートを考えていた。プーケットはどうかな？　きみがいなかった長い一週間、そのすばらしいリゾートの広告を見たんだ。あのころは夜中までテレビを見るしかなかったからね。すぐにでも出発できる。どうかな？」

「行きたい！　でも仕事はどうするの？　いまは大変な時期なんでしょう？」

スコットは肩をすくめた。「鉱山業に関しては、難しい状況がずっと続く。だが、仕事よりぼくたちの関係のほうがずっと大事なんだ、サラ。いろいろなことがあったあとでは、しばらく一緒に過ごすのがいちばんだ」

「新しいビジネスパートナーの件はどうするの？　資金難の問題は？」

「ダイヤモンドの鉱山が順調なので、それほど深刻ではない。少なくとも一カ月は充分な現金があるので、すべての操業を続けることができる。新しいビジネスパートナーを探す件については、ぼくがいないあいだ、クリーオが対処してくれる。彼女は何もかもわかっている。しばらくはボスの地位を楽しむだろう。だいいち、それほど長く行っているわけではない。二週間だ」

サラは驚いて目を丸くした。「まあ、大変、なんて言えばいいのかわからない」

「イエスとだけ言えばいい」

サラは肩をすくめた。「もちろん、イエスよ」

「一階に旅行代理店がある。これから寄って手配してもらおう。だが、その前に……」スコットは大股に歩いていき、ドアを開けて外をのぞいた。「よし、彼女は帰った」

戻ってくるなり、スコットはサラを抱き寄せ、ずっとしたくてたまらなかったキスをした。彼が頭を上げたときには、二人とも息を乱していた。

「だめ」彼の目が光るのを見てサラは制した。

「なぜだ？　ぼくたちは結婚している」

サラは笑わずにはいられなかった。「旅行代理店はどうするの？」

「代理店はどこにも行かない。それに長くはかからない」

「急いでするのは好きじゃない」サラは胸を高鳴らせながらも、穏やかな口調で拒んだ。

「そんなふうには見えなかった」

旅行代理店でスコットの隣に座ったサラは顔を輝かせ、彼に何をきかれてもイエスと答えた。腕を彼の腕にからませ、ほほ笑まずにはいられないようだった。

人生は最高だ。スコットはサラを心から愛し、その最愛の人のおなかには我が子がいるのだ。一緒に二度目の新婚旅行に出かけるのは、その幸せというケーキにアイシングをするようなものだ。どこに行くかは問題ではない。どこであれ、二人は心から楽しむだろう。

「きみはどう思う？」スコットが彼女にそうきいたのは、これが百回目かもしれない。

サラは何をきかれたのかも覚えていなかった。それでも彼は何もかもうまく取り計らってくれると信頼していた。「もちろんいいわ」彼女は答えた。「何もかもすばらしい」

代理店を出ると、スコットはサラに尋ねた。

「本当に明日までに荷造りができるのか？」

「明日！」サラは叫び、思わず足を止めた。

スコットはおかしそうに笑った。「きみは

ちゃんと聞いていなかっただろう。だが、きみがイエスと言ったから、あっさり決まってしまった。明日の午後四時にぼくたちはバンコクに向けて出発する。間に合うように準備できるね？」

サラは鋭く息を吸った。「するしかないわ。ああ、どんな服を持って行けばいいかわからない」

「たくさんはいらない。二度目の新婚旅行だろう？　服は優先事項ではないよ」

「まさに男性の言うことね。その場その場に合う服が必要だということがわからない」

スコットは目をくるりとまわした。「向こうにも店はあるだろう？　持っていくのを忘れたら、いつでも買える。今日買うつもりだったエタニティリングと一緒に買ってもいいが、もう時間がないな」

「ええ、そうね。家に帰って荷造りを始めないと。それに朝には美容院にも行かなければ。ああ、大変！」

「向こうにも美容院はあるさ」スコットは苦笑した。

「でも……」サラは輝く目を愛する男性に向けた。すると、すべての不安は消えた。「本当に大変。明日よ！　ああ、待ちきれない」

スコットは妻を引き寄せた。「ぼくも待ちきれないよ、ダーリン」

ハーレクイン®

大富豪と人形の花嫁

2018年2月5日発行

著　　者　ミランダ・リー
訳　　者　柿原日出子（かきはら　ひでこ）

発 行 人　フランク・フォーリー
発 行 所　株式会社ハーパーコリンズ・ジャパン
東京都千代田区外神田 3-16-8
電話 03-5295-8091（営業）
0570-008091（読者ｻｰﾋﾞｽ係）

印刷・製本　大日本印刷株式会社
東京都新宿区市谷加賀町 1-1-1

編集協力　株式会社遊牧社

ISBN978-4-596-13306-9 C0297

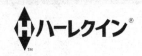

◆◆◆◆ ハーレクイン・シリーズ 2月5日刊 発売中

ハーレクイン・ロマンス
愛の激しさを知る

忘れ去られた新妻	ナタリー・アンダーソン／茅野久枝 訳	R-3304
鷹の王とシンデレラ	シャロン・ケンドリック／みずきみずこ 訳	R-3305
大富豪と人形の花嫁	ミランダ・リー／柿原日出子 訳	R-3306
ある愛の幻	キャシー・ウィリアムズ／若菜もこ 訳	R-3307

ハーレクイン・イマージュ
ピュアな思いに満たされる

愛なき富豪の子を宿し	カトリーナ・カドモア／西江璃子 訳	I-2501
ベビーのゆくえ (しあわせの絆Ⅱ)	スカーレット・ウィルソン／神鳥奈穂子 訳	I-2502

ハーレクイン・ディザイア
この情熱は止められない！

欺かれた無垢な花嫁	キャサリン・ガーベラ／湯川杏奈 訳	D-1789
独身富豪の天使を抱いて	ジョス・ウッド／杉本ユミ 訳	D-1790

ハーレクイン・セレクト
もっと読みたい“ハーレクイン”

愛がくれた翼	リズ・フィールディング／吉本ミキ 訳	K-523
伯爵のウエディング (華麗なる貴公子たちⅢ)	ルーシー・ゴードン／古川倫子 訳	K-524
千一夜におぼれて	オリヴィア・ゲイツ／氏家真智子 訳	K-525

ハーレクイン・ヒストリカル・スペシャル
華やかなりし時代へ誘う

伯爵が見つけた家なき娘	リン・ストーン／藤倉詩音 訳	PHS-176
赤毛の公爵夫人	ジョージーナ・デボン／片山奈緒美 訳	PHS-177

※予告なく発売日・刊行タイトルが変更になる場合がございます。ご了承ください。

2月9日発売

ハーレクイン・シリーズ 2月20日刊

ハーレクイン・ロマンス

愛の激しさを知る

身代わり秘書の純真	ケイトリン・クルーズ／山科みずき 訳	R-3308
億万長者と疑惑の愛 (三姉妹はシンデレラ)	リン・グレアム／麦田あかり 訳	R-3309
海運王と皿洗いの乙女	スーザン・スティーヴンス／日向由美 訳	R-3310

ハーレクイン・イマージュ

ピュアな思いに満たされる

億万長者に言えない秘密	キャンディ・シェパード／松島なお子 訳	I-2503
ティーカップに愛を (ベティ・ニールズ選集18)	ベティ・ニールズ／松村和紀子 訳	I-2504

ハーレクイン・ディザイア

この情熱は止められない!

一夜が授けたエンジェル	テレサ・サウスウィック／小林ルミ子 訳	D-1791
凍てついたハート (ハーレクイン・ディザイア傑作選)	ダイアナ・パーマー／宮崎真紀 訳	D-1792

ハーレクイン・セレクト

もっと読みたい"ハーレクイン"

エーゲ海にとらわれて	ミシェル・リード／柿沼摩耶 訳	K-526
沈黙の愛	キャスリン・ロス／飯田冊子 訳	K-527
スペイン公爵の愛人	シャンテル・ショー／柿原日出子 訳	K-528

文庫サイズ作品のご案内

◆ハーレクイン文庫…………毎月1日発売

◆MIRA文庫………………毎月15日発売

※文庫コーナーでお求めください。

ハーレクイン・シリーズ おすすめ作品のご案内

2月20日刊

三姉妹はシンデレラ

『億万長者と疑惑の愛』

リン・グレアム

旅行先のフィレンツェで、富豪リオと再会したエリー。リオは彼女を誘惑し、バージンを奪ったあと、結婚を申しこむ。エリーを金めあての女と誤解したまま。

●R-3309
ロマンス

『億万長者に言えない秘密』

キャンディ・シェパード

かつての病がもとで不妊症とされながら、世界的人気の大富豪ジェイクの子を身ごもったイライザ。金目当てと蔑まれるのが嫌で、密かに産む決心をするが……。

●I-2503
イマージュ

『一夜が授けたエンジェル』

テレサ・サウスウィック

子供嫌いの富豪の恋人カルに結婚を拒まれ、妊娠を打ち明けずに別れたエミリー。出産して1年後、娘の存在を知ると、カルは会わせてほしいと言いだして……。

●D-1791
ディザイア

ディザイア傑作選

『凍てついたハート』

ダイアナ・パーマー

思いを寄せる牧場主ブーンに子供扱いされてきた獣医助手キーリー。彼の弟の頼みで恋人役を演じていると、ブーンにダンスに誘われて唇を奪われ、とまどう。

●D-1792
ディザイア

ゴージャスな恋人 2

『愛人と呼ばれて』（初版：R-1254）

ジェシカ・スティール

会社が大企業に買収され、社長タリスに呼ばれたジョージーナ。重役の娘の夫との交際をやめないとくびにするとあらぬ誤解を受け、社長の秘書にされてしまう。

●PB-223
プレゼンツ・作家シリーズ別冊

※予告なく発売日・刊行タイトル・表紙デザインが変更になる場合がございます。ご了承ください。

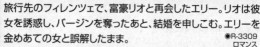